少年ハヤト

末だ大志を抱かず

針貝武志
HARIKAI TAKESHI

海鳥社

少年ハヤト　未だ大志を抱かず◉目次

仲間たち

ハヤト誕生

そもそもハヤトの存在がこの世に記されるのはお腹の中に入って八カ月目のことだ。もちろん名はまだない。

「九月二七日、産婆さんいらっしゃる。位置の固定をす。困ったことなり」

西暦では一九四〇年、昭和一五年の九月のことである。

「九月二九日、千枝の風邪治らぬ。赤ん坊がさかさまとなれるらし。畠の枠、レンガにてつくれり。蝉の幼虫数十匹出る」

つまり、さか子になったというわけだ。なぜかといえば、両親がとても忙しく、はりつめた気分でいたからだ。そのうえ日米間に暗雲がたれこめ開戦前の緊迫感がみなぎっていた。そういったもろもろの緊張がお腹の子にも伝わって、ようし、ぼくもがんばるぞ！　とはりきって立ち上がってしまったのだ。

彼の両親は五月末に都城という町から小林、つまりハヤトの出生地にひっこしてきた。それも医院の開業という一家の命運を左右する一大決心をしてのことだ。その間にハヤトのおふくろは開業資金を工面するために夜行列車で久留米の実家にとんぼ返りをしたりしている。だからお腹の中にハヤトがいたって日記に記すほどもない些細なことだったのだ。

「一〇月三日、産婆さん来らる。千枝のさか子なほってゐるとのこと。千枝、大安心す」

「アネモネ、ヒヤシンス、チューリップ鉢植えす」

ハヤトが逆子でなければ、誕生直前まで日記に記されることもなかった。

屋敷はそれまで病院だったのをそっくりゆずり受けたもので、ヤドカリに新たな宿主が入ったようなものだ。敷地はだだっ広く、何坪かというのはあまり意味がない。たぶん二千坪近くあって、古くて黒々とした木造平屋が丂の字のように連なり、さらに入院用の別棟が奥に一列あった。だから「互」の字に似ている。表は花畑、裏は野菜畑、それを柿やヒノキ、桜、竹林が取り囲んでいる。宅地、というより田畑を、建物と庭、畑にして周りを木々で囲ったようなものだ。

「一一月一日、興亜奉公日。水さらえあり、愛宕さんの低いところまで行った。椎の実がちらばって秋深みゆくを思わるる日だった。お産も近づく。今度は何の不安もない。恐ろしくもない。至極平和な気持ちでいる」

これは臨月の彼の母の手記である。ハヤトは三番目の子だ。中国の天津《てんしん》で長女を産み、帰国して久留米で長男の正文を、そして都城へ転勤するというとあわただしい歳月を重ねてきた。今度は開業という重大事を乗り越えて一段落し、少し安心したのでさか子が治ったのだ。

「一一月一〇日、紀元二千六百年式典の日。隣の空き地にて宮崎、鹿児島、熊本の荷馬車引きの連中、集まって角力《すもう》あり。午後見物人多し」

当時、馬車引きは最高の力持ち集団であった。

「一一月二五日に宮崎日日新聞創刊とのこと。購読依頼に来る。申し込む」

「一三日、夜一〇時ごろより猛烈に痛むので、一二時ごろたうたう産婆さんにきてもらふ。けれどもこれはまちがいで、まもなくおさまりはずかしくてたまらなかった」

「豊饒祝いに甘酒を作った。主人がニワトリをしめて、チキンライス、スープ、チキンソテー、それからうま煮とお吸い物。ご馳走をお産の元気付けにいただいた」

「一五日、午前三時ごろより陣痛のように痛む。しかし午前七時ごろになり止み、がっかりする。はや九日も予定より過ぎている」

「夜一二時、産婆さん、きてもらふ」

稲刈りもすんで甘酒もおいしいころ、エプロンのまま十分くらいの道のりを走って、

「冨満の産婆さぁん。早く来てください。生まれそうじゃ」

「カランコロン、カランコロン……」

げた履きの産婆さんがオンボロ屋敷にかけこんだ。

「おうおう今度こそまちがいない！　熱いお湯をたらいに用意してくださいよ」

陽も高くなったころまるまると太った男の子、誕生。お陰で親子とも元気。秋の終わりの青空は深く澄みわたっていた。南向きの窓からさんさんと日がふりそそぐ。ヒヨドリが鳴く。イチョウが金色の葉っぱをさらさらと風に打たせている。ふっくらとした布団の中に埋もれるように赤子は眠っている。とても静かだ。

翌日は暖かい小春日和。その日も冨満の産婆さんが来た。木のたらいにはお湯がたっぷり入っている。立ちのぼる湯気を陽光が白く照らし、窓は明るく曇ってすりガラスのようだ。湯舟につけて指にくるんだガーゼで優しく洗った。

「鼻太く高し、しわ多し。七百八十匁（二九二五グラム）」

命名「隼斗《ハヤト》」。男らしくハヤブサのようにあれ。

母親にとっては無我夢中の一週間、ふと窓の外に目をやると、黄金のよそおいであったイチョウはすっかり葉を落としていた。それだけのことなのに、それに気づいて時の流れのはやさに驚いた。ハヤトの父三〇歳、母二八歳。ちなみに開業は二九歳の時である。

翌年暮れには太平洋戦争がはじまり、四年近くの歳月ののち終戦を迎え、昭和二二年四月に

診療所の門構え、昭和16年正月

は小学校に入学した。入学前にはカタカナを勉強していたが、その学年からひらがなからの出発となった。それまでの間、だだっ広い屋敷の庭、鎮守の森、近隣の田畑でたくさんの生き物と友だちになった。チョウもトンボも野の花も、みんなみんな。

　一方、世の中は混乱をきわめ、敗戦のあおりでたくさんの人がオンボロ屋敷で生活をともにしていた。雨宿りみたいなもので、機会があれば飛びだしていく。両親は大家族を支え、窮乏生活を強いられつつも趣味の音楽や絵画、写真だけは忘れまいとがんばっている。それをよそ眼にハヤトはハヤトなりに自分の好きなことに精をだす。生後九年目を迎えてハヤトは小学三年生。国破れて山河あり。貧しくとも大地はみずみずしく輝いて好きで好きでたまらない。ここがハヤトのふるさとだ。朝な夕な南に霧島連山を仰ぎ見る大地にて、双葉はすくすく伸びてゆく。

幼子《おさなご》たち

ピノ

小林の町並みは霧島山の北ふもとに位置している。朝な夕な、高千穂を仰ぎ見るのが皆の喜びだ。晴れる日、曇る日、真白く雪をいただく日もあった。その霧島連山を南に見て、一時間に一本走るかどうか、東西に単線の鉄道が走る。

駅から北に向って街の中心市街地が広がって、南北にほぼ一キロの道が貫いている。真南には高千穂の峰を仰ぎ見るので、この通りを「高千穂通り」と呼ぶことにしよう。

駅から、本町、仲町、そして愛宕町と連なる。道沿いには、銀行、百貨店、警察署、小学校、浄信寺、愛宕神社などがとびとびにあって、その間、旅館、喫茶店、レコード屋、メガネ屋、本屋、氷屋、タバコ屋、石屋……、刃物、薬、学用品、豆腐、駄菓子、うどん食堂、酒、牛乳、下駄、お菓子、理髪、文房具、釣具、提灯、材木、八百屋、種もの、蚕、診療所、魚、呉服、カシワなどの店舗が軒を連ね、合間には普通の住宅が建てこむ。火事になったら一蓮托生の密集地。この通りを舞台に物語は展開する。

ハヤトのうちの診療所は、駅からやや遠い、愛宕町の、高千穂通りの東側に面している。まずはその向かい側に、油まみれの黒々とした自転車が並ぶお店がある。主人はグローブのような手でパンクを直し、使い古しを解体しては自転車を組み立てる。今時でいえば立派なリサイクルショップだ。

ハヤトは小学三年生。ランドセルしょって笹舟を流して道草を食いながらの帰り道、その店先で生後一カ月ほどの子猫に出会った。珍しそうにみていると、奥から出てきたかみさんは、この猫迷い猫で、捨てても捨てても舞い戻って困っているという。

そこの女の子が襟巻きにしたり腹を抱えたりして走り回る。そのたびにフンフンギャッギャッ！　吐くような声を上げる。それはもう滅茶苦茶で、そのまま衰弱して死んでしまうか、軒下の水路で溺死させられるのかいずれかだ。そんなおりにハヤトらが通りかかったのだった。

子猫はネズミ色と白のまだらで鼻から眉間にかけては白の山形がある。抱き上げるとギスギスと小さい骨が触り、艶《つや》のない産毛が乱雑かつ不規則に生えていた。目と耳が異様に大きい。もう生涯の辛苦をなめ尽くしたような生気のない表情をしている。

「ちょっち貸してごらん」

おかみさんはグローブのような指先で子猫をつまみあげた。

「男の子やし、たくさんネズミを捕るよ。見てごらん。後ろ脚の曲げ具合を！」

よく捕る猫ならば首を吊るしたとき足を曲げ、捕らない猫はダランと垂らしてしまうものだが、かみさんの意に反してダランと垂らしてしまった。見るにみかねて、

「これ、もらってもいい?」

「あぁ、よか猫じゃぃよ。名前を付けたら後で教えてね」

濡れネズミのように哀れだったが可愛くもあり、ハヤトはわが家に連れて帰った。診療所の奥が広い庭と住いになっている。

「モモコばちゃん、猫ん子を連れてきた!」

そのころ、満州から命ひとつで引き上げていた叔母のモモがいた。戦後の非常事態。何の持ち物もない。ポツネンと何もない部屋に座っているのが日々の仕事だ。優しくて生き物好きのモモは六畳の間に静かに座り、子猫を抱き上げてしげしげと見まわしながら、

「かわいそうにやせてしまって! お乳も十分飲ませてもらえなかったのでしょうねぇ。よしよし」。子猫はしきりにモモの指を吸った。

「おうおう、おなかが空いてるのね。何かいいものないかしら。そうそう、仏様のご飯をいただきましょうか」

まるく盛られたご飯は黄なびて固くなっていたが、子猫はウンウン言いながら一所懸命食べた。モモはもう三〇に手が届きそうな年だが、最も美しく咲き誇る青春の大事な部分を遠い大陸で過ごした。可憐な花も、大陸を吹きすさんだ戦争という嵐の前に、咲き誇ることなくとじこんでいた。嵐こそ吹きやんだが将来の航路が波静かなはずはなかった。彼女のまなざしには、憂いに満ちているけれども遠い彼方に夢を見るような、憧れてやまない何かがあった。ハヤト

が寝物語に聴く宮沢賢治の童話などにはいつも遠い夢の国へのいざないがあった。そして、人の悲しみも生き物の悲しみもいちように暖かく包み込んでいく優しさがあった。子猫は親を慕うかのようにモモの指を吸いつづけた。その額をなでながら、

「名前は何がいいかしらん。ねぇ、正文ちゃん、ハヤトちゃん」

「ヤセゴロちゃん。おヤセちゃん」

「ミーコ……。だめかなぁ」

「おばちゃん。決めて！　オイどま決めきらん」

四つのくりくりのひざ小僧は板の間に神妙に座して答えを待った。モモの扱いには独特の柔らかさがあって、細くて白い指で触れられるうちに子猫は陶然となって目をつぶり、身も心も緊張が解けてグニャグニャになってしまった。

「そうねぇ、この子はお鼻が高いからピノキオって名前どうかしら」

「ピノキオ！」

「そう、ピノキオ、いつもはピノって呼んだらいいわ」

屋根の上も遊び場だった。3兄弟が屋根の上で

「ピノ、そしたらいい。呼びやすいしきれいじゃ」

それは夢のある名前だった。正文もハヤトもすっかり満足した。

首筋をつまんでぶら下げると今度は後足をキュッと縮める。

「いっぱいネズミをとるよ」

子猫も、ハヤトが優しそうだったこと、それにもまして、モモの胸に抱いてもらう温かさが嬉しかったのだろう、モモから離れようとしなかった。

ハヤトの両親はいつも多くの敵と闘っていた。まずは貧乏との闘いだ。広い屋敷はネズミの恰好の住み家ともなって貧乏に拍車をかけていた。その撲滅のためにも、子どもが生き物を大切にすることを学ぶためにも飼うことには賛成だった。こうしてピノは家族の一員となった。

「しっかりネズミを捕って役に立つんだよ」

生後一月《ひとつき》ちょっと、母親を慕ってミューミューと泣き通すものだが、それもなかった。境遇がみじめな後の幸せは猫でもはっきりと分かるようだ。賢い猫に育ち、モモの言うことがいちいち分かるようであった。ネズミも期待どおりよく捕った。

ポチ

愛宕さんはお椀を伏せたような小山をなしている。椎や楠の大木がこんもりと茂って遠くからでも目立ち、晴れ渡った五月など若葉色の山全体が輝くように美しい。愛宕町のシンボルでもあって、頂上にある神社への参道が高千穂通りから東に延びている。

道行く人びとは参道の入り口では軽く会釈をして通る。ハヤトのオンボロ屋敷の南に位置し、おおらかに彼らの成長を見守っている観がある。愛宕さんは、ちびっ子の好奇心をいくらでも吸収してくれるあそび場でもある。その日のハヤトもそう。下校してランドセルを放り投げ、参道から鳥居にかけて行く。七〇の石段を登り切った所に社《やしろ》が建っているのだが、その途中、ハヤトは木漏れ日の石段伝いに境内から降りてくるおとよさんに出会った。緑陰の下で赤い和服を着た彼女は色白く美しかった。

「おばちゃーん、なにごと？」

ユラユラと降りてくる彼女は子犬を連れていた。

「おばちゃん、どこからもらってきた？」

「遠いとこからよ」

「ムゼ《かわいい》もんじゃ、ムゼもんじゃ！」

「ムゼでしょう。じゃからポチ。名前はポチ！」

ポチとは「かわいいもの、小さなもの」をさす言葉という。笹の葉に埋もれるほど小さい。首輪と鎖がやけに重々しく、草の根につまずいて鼻面をこする。とても苦しそうだ。

「最初のころだけの辛抱！　二三か月もすれば大きくなるよ」

おとよさんは犬ころの意も介さぬといったふうに、首を斜めにひん曲げて踏んばるのをズンズン引っ張っていく。そのくせハヤトが鍛えてあげようと言ったら、とても心配そうな顔をした。猫は触れずに育てよ、犬は手荒に育てよ、だから子どものいるうちでは犬はよく育つという。

「しつけはこげんせんと駄目じゃ」

「そんなことして怪我でもしたらたいへん!」

子犬をもぎとって鎖を外し、斜面で仰向けに放すと、コロコロと転がる。必死で踏ん張っても指先の一押しでまたコロコロ。今度は、

「さぁ、登ってこい。ここまでおいで」

それが分かったかどうか、ポチは必死にはい登ってくる……。

ポチの住み家は反物屋の裏手の物置場。春霞みのほこりでくすんだ窓ガラスの奥に戦前からの商品を値札だけ替えて売っている。店の前を通ってハッとすることがある。それは新しい色もようの寝ゴザとか布団などが仕入れられ、山と陳列されたときだ。

一人娘のおとよさんはやがて三〇に手が届く。色白のポッチャリした美しい人で経済的な困窮はついに知らないような温厚で人なつこい女性であった。琴を良くする。その手さばきと声はまことに涼しい。ちなみに、ハヤトの母とは琴友だちで、ハヤトは彼女の太ももの弾力的な座り心地をよく覚えている。

ハヤトたちは勝手口から入り、ポチを散歩に連れ出す。

「おばちゃん、ポチの散歩をさせにきた！」

琴の音がやんで隣の部屋から、

「お願いねぇ」

春の野原にチョウを追い、夏は水泳、秋から冬には小山の藪のコジュケイやウズラを追わせ、狩りのまねごとをした。ポチにはその天分があるようで、よく鳥を追いたてた。そうしたポチの成長は、人の子の何倍も速かった。

幼少のころウーウーと産毛を逆立てて怒りをあらわにしたところで相手にはされなかった。青二才呼ばわりされるころになるとそうはいかない。散歩に行く先々で出くわす犬どもが好んでケンカを吹っかけてくる。連れ歩くハヤトたちには負け戦《いくさ》なんて見るに耐えない。ポチが勝つなど夢にも思えない。だからよその犬が鼻先を合わせにきただけで足でけって引きはなす。それでも数回は耳や首筋をかまれてキャンキャンと泣いたことはあった。

季節は巡って春。生まれて一年目。子どもっぽさは残っているもののはや成犬に等しい。コリーのようにふさふさした野ウサギ色の毛並み。体型はゴールデンレトリバー、いくぶん肩幅が広くてがっちりしている。先端が白い穂のようなしっぽを穏やかに曲げ上げて、半ばで折れた耳を前方にかまえた姿はほれぼれするほどだ。散歩に連れ出すハヤトらも意気揚々としていた。

ジョン

その年の春先、愛宕神社の参道に人だかりができていた。男の子も女の子もいる。人の輪の真ん中で、犬同士がお尻で「引っ張り比べ」、つまり一時的に夫婦になっていたのだ。円陣を作った子どもはハラハラして見守るしかない。メス犬は「シロ」という子どもっぽい顔をした小型の日本犬。初めてその時期を迎えていたのに、不用心にも放し飼いでその事態を招いたのだ。普通ならば何頭かのオス犬がまつわりつくのでそれと分かるはずなのに珍しいケースだった。

オスの名前は「タマ」。土佐犬のようながっちりした体格で、耳は途中で折れた白黒のぶち。毎日昼下がりには鎖につながれて散歩する。どっちが主人か分からぬような横柄な散歩だ。主人も犬もケンカにはぜったいの自信を持っていた。それはもちろんオス犬に対してで、メス犬とケンカをすることはあり得ない。

オス犬の鎖を引いているのは種豚屋のおじさんで、ダム建設で補償金をもらって山を下ったのだが、その後も猪犬を育てたり仲買役など山に関係した仕事をしている。猪犬《シシいぬ》は、猟の時に猪を追い出す役目の犬のことで、勇敢でなければならない。いい犬を選ぶには、血筋、すなわち両親をみるのがよい。タマはもともと猪犬であり、同時に猪犬を生産する種犬でもあったのだ。暗い土間に寝そべり、目がぶきみに青色に光って、うかつに近づくと子どもでもガブリとやられかねない。ウーウーうなられてからハヤトには猪犬が恐ろしいものになってしまった。

悲しくけだるそうな顔をした二匹を前に、おじさんは子どもの抗議のまなざしを受けながらもニタニタしている。やがてプッンと切れてシロはすっ飛んで消えてしまった。おじさんらは、シロは良い子をいっぱい生むよ、そう言い残して悠然と引き上げていった。

四匹の子犬が生まれた。白地に黒のまだらは父親そっくり。そのうち、タマの種をやったから一匹よこしなよ、と催促に来るはずであった。結局は、強い犬に育てられ山の猟師に引き取られ、勇猛な猪犬として活躍する道が待っているのだ。だから、おじさんはオロオロする子どもらとちがって商売の一環としてやっていたのである。

ハヤトもほしくなり、一匹をもらった。一晩中クンクンキャンキャン泣きつづけ、鎖をはずしてやったのが裏目に出て、哀しいかな、三日目に行方不明になった。

次はふしだらな犬の話だ。学校からの帰り道、日だまりに犬の親子がいる。子犬がどこかに引き取られると、また生まれる、といった具合で、しょっちゅう育児中であった。母犬の名はマル。首輪をしているが放し飼いだ。だれにも知られていて、「マルマル！」声をかけられると頭を低くしてすり寄っていく。ポインターふうの体格だが、特徴としてはしっぽが二、三センチしかない断尾。番犬でも狩り犬でもない。ただまわりをブラブラ。強いていえば家族の一員で、いてくれればそれでよかったのだ。

不幸なことに、しっぽが短いおかげで年もいかないのにふけこまなければならなかった。というのも育児がたいへんだったからである。

メス犬が発情していないときは、しっぽが防護役をはたす。気がない時はしっぽを下向きにたらしておけばよい。マルにはそれができなかった。イヤイヤとかみつくフリはするもののいっこうに迫力がない。ついつい許してしまう。だからいつも子どもがヨタヨタとうろついていた。見かけはすばらしい繁殖力というべきであった。ギスギスにやせてみえるマルの乳房はいつもぶらぶらとゆれ、青筋がたっていた。子どもがだれかに拾われていくと、間もなく次の黒々とした小さな生き物がだらりとたれた乳房にしゃぶりついている。

ポチと出会った年の秋の暮、だれが父親か分からない子どもがマルから生まれていた。その一匹をハヤトはもらった。ありがたいのは持ち主の方だ。ハヤトにしてもけっして「喜んで」ではなかった。失った子犬の代わりにしただけである。

ジョンと名づけた。白に黄土色のブチ。黄土色の目。ペラペラの大きな耳。しっぽ切れ。頭でっかちで毛が短い。幸いなことにオス。あばら骨が波打つ。薄い皮と毛が頭をおおって頭蓋骨の形まではっきり分かる。うれしいときには小指くらいの尻尾をピクピクとふる。ジロッとみ上げると額にシワがよる。目つきが悪いし見かけも悪い。だれからも「シーボ切れ」と小馬鹿にされる。だからハヤトには哀れさをないまぜたかわいさがましてくる。

こちらはピノとちがって評判が悪い。どこそこで可愛い子犬が生まれたから返したら、と勧められても頑固の一徹で養いとおすことにした。もちろん飯から寝床の世話まで一切をハヤトがやるとの約束だ。早めに「お座り」「おあずけ」などのしつけをしなければいけない。

ハヤトは学校が日課だ。その間だれも世話をしてくれない。犬はオシッコもウンチもする。そんなとき鎖につながれていてはどうしようもない。だから一番だらしない養い方、つまり放し飼いになってしまった。野山も屋敷もある。ジョンにはいくらでも楽しむ所があったから寝床はいつもガランとしていた。朝夕にはきちんとご飯をいただける。みそ汁をかけたご飯は栄養たっぷりだ。それを濡れ縁の下に置いて、

「ジョーン、ジョーン、ジョンジョン！」

大声で呼ぶと土をける足音が聞こえてくる。

「ドドドッ、ドドドッ、ドドドッ！」

やがて転げるように跳んできてハヤトには目もくれず胃袋に流し込む。あばら骨が波打っておなかが横にどんどんふくれていく。犬のしつけは生後三カ月内にせよ、というのに芸もなにもできないまま大きくなってしまった。

ポチが隆々とした成犬になったころ、ジョンは子犬だったので、ケンカはおろかじゃれつく相手にもならなかった。

ジョンが走り回っていたコスモスの庭

「ポチを散歩させてもよかんそかい」

ジョンを養い始めてもそれは変わらなかった。鎖でつないだポチにジョンがウロウロとついてくる、という風変わりな散歩が始まった。誇らしげにポチを引く。ジョンがついてくるのが気恥ずかしい。

ここで、出会いの時期について整理すると、ピノとの出会いはハヤト小学三年生の春、ポチとは四年生の春、ジョンとはその年の暮れ、ということになる。犬、猫の成長は月単位だ。ハヤトらもそれに劣らず成長している。とりわけ戦後の復興期に当たっていたので学校も分割統合をくりかえすなどめまぐるしく動いていた。

そのころ学校では、生き物や植物好きの滝一郎先生のお陰で、だれもが昆虫採集、植物採集に夢中になっていた。一つには、戦後の荒れに荒れた学校に徐々に落ち着きが戻ってきて、教室に花をかざったり野山に出かけたり、そんな雰囲気をだれしも望んでいたからだ。特に、国破れて山河あり、ではないけれど、自然は輝いていたし、野山の生き物も生き生きとして、それらとの出会いは子どもたちに深い感動を与えるものだった。

ハヤトも熱心に取り組んだ。いきおい、捕虫網を手に、ポチとジョンをお供にして、チョウやトンボを探してまわるという風変わりな散歩にもなったわけだ。季節の風に吹かれて野に山にでかけるのはまことに気分がよい。

初夏の水辺にはまっ赤なショウジョウトンボ、黒い胴に黄色の腰巻をしたコシアキトンボ、チョウのような広い紫色の羽をもつチョウトンボが飛びまわっていた。秋の野にはアカタテハが舞い、そば畑には鼻の高いテングチョウがいた。犬や猫に比べるとあまりに小さな生き物なのだが、その美しさや、微にいり細にわたる体の仕組みの巧妙さは創造的で神秘的であった。犬猫を可愛がることと昆虫を愛おしむ気持ちのあいだにすきま風のひとつも吹かなかった。

そんななかで、ハヤトは人里離れた湿地でハッチョウトンボを発見した。夏休みの宿題に「不明」として展示箱を出していたところ一郎先生が自宅に飛んできて、どこで採ったか、ねほりはほり聞いた。一帯では最初の発見ということで、新聞に載った。先生によれば世界最小のトンボだそうで、羽をひろげて三センチあまり、頭から尾まで一・七〜一・八センチ。オスの胴の色は真っ赤である。一円玉が直径二センチだからいかに小さいかが分かろうというものだ。トンボの赤ちゃんじゃ！　思わずそう叫んだほどだ……。

三様の友だち

縄張り荒らし

昭和二六年、ハヤトは五年生。秋風が吹きはじめ、カッパはたくましくなって岡に上がった。ポチは一歳半……。もうりっぱな青年である。

「ちわぁ。今日もポチを散歩に連れて行きもす」

喜び勇んだポチはゼーゼーいいながらハヤトをひっぱっていく。土、日には街をぬけだして野山をかけめぐった。雑木林にポチを放してやる。欣然《きんぜん》として藪の中に突っ込んでいく。しばらくするとキジがバタバタ舞い上がる。かけよると悠然としっぽを振って藪を見つめるポチの姿があった。

ここ、と狙いを定めた所に相手がいる。ポチは生来その勘を備えているようだった。疾きこと風のごとくおそう。逃がしたところで気にもせず、白いしっぽを振る姿はほれぼれするほどだ。

ジョンにも狩りにこそ彼の天分があるのでは、と淡く期待した。河原に遊んだとき、一度だけくわえてきたものがある。なんと、半ばくさったウグイであった。そんなわけでジョンの方は一切をあきらめたほうがよさそうであった。

平日は街中での散歩になる。街にはけんかっぱやい先輩犬が多い。会えば面倒なことになる。だから出会わない道ばかりを選んでいる。けれども通らざるをえない場合もある。最初の関門は材木屋。

製材された真新しい白板が軒先一杯に立てかけてあって、茶色の小柄な日本犬が見張り役として放たれているのだ。足早に通りすぎようとしたのにみつかってしまった。首筋の毛を逆立てて躍りでるその速さといったら！　どなたさまの縄張りか知らねぇとは言わせねぇ、そんな因縁をつけているようだ。ケンカもはやい。普段ならば匂いをかいで相互の確認をするものだがそんなのはない。サササッと出てくると、グワッとかんで追いかえすのだ。

ハヤトはポチを隠しながら通りすぎるのをいくども経験してきた。ところがその日、ポチはひるむどころか逆に猛然とおそいかかった。ハヤトはその勢いに負け、鎖を持ったまま引っ張られた。いとも簡単に両者はあいまみえた。相手にしてみれば、ひとつ吠えて威嚇すればいつものように逃げ出すとでも思っていたのだろう。ポチはけたたましいうなり声を挙げて猛然とおそいかかった。後ろ脚で立ち上がり、ガップリになって組みあい、ドッと横倒しになったりしたが常にポチが優勢。パッと分かれて退いたのは日本犬の方であった。

「お主、やるじゃねぇか、いつの間に強くなった？　じゃが負けてなんかおらん、闘い方を思案しているだけじゃ」そう言いたげに、うなりながら一歩退いてポチの出方を見守っている。キャンキャン鳴いたわけではなかったが事実上ポチの勝ち。鎖を引かれて前進できないポチはおそいかかろうとして頭をもたげ、豊かな尻っぽをうちふっている。喜んだのはポチよりハヤトたち。闘った後の興奮も見られず気持ちになんの乱れもない。その悠然たる姿のすばらしさ！　ほれぼれするとはこのことだ。

以来ケンカ相手に出会えそうな道を選ぶことにした。ポチが先頭をゆく。ハヤトらがついていく。それもケンカしやすいように二メートルの鎖を二つつないでいつでも倍になるようにした。小憎らしい犬はいくらでもいるもので、同じ通りには履物屋のチンがいた。生意気にもハヤトなど人様の学校帰りにほえたりして「通せんぼ」をしたこともある。そのことのしかえしの気持ちもあって、ある日の昼下がり、わざとその道を選んだ。

例によってチンは軒下に寝そべっていた。ポチはいきなり跳びかかろうとした。白黒まだらの長毛のチンは、背が低くて長い胴体、そのわりには大きな顔、ギョロ目で下から見上げている。縄張りを守るにはケンカに勝たねばならないが、自信なさそうな思案顔。

犬のケンカじゃ、かみ殺してもかまわんぞ、ハヤトたちはそう思っている。

「チェ！　来やがったか。迷惑な奴じゃ……」。チンはすぐにはかかって来ない。斜めにかまえ、来るなら来てみろ、と歯をむき出してうなっている。ポチは前に出ようとして足で土をかく。うなり声がノドから出る。

「やめやめ！　仲良うせにゃ。ケンカはだめじゃ！」

ハヤトらはポチをなだめる役目だ。人通りは多い。道行く人が立ち止まって人の輪ができた。おかみさんが暗い奥から、なにごとかしらん、と顔をのぞかせる。これだけの見物人がいるのだ。何かがおきねば収まらない。ポチの鎖はいつでも四メートルの自由が与えられるように束ねられている。その鎖は短いままポチとハヤトを結んでピーンと張っている。

「いくな　いくな！　やめんか！　やめんか！」

口とは裏腹に、実は「すすめ　すすめ！」の合図であった！

町の道徳は「ケンカはするな。仲良くしなさい」である。やれ、やれ、とケンカを仕かけたり弱いものいじめをしたりするようでは何かの折りに損をする。退屈な町では誰もが本当は、胸のすくようなケンカを見たいはずなのに……。

「やめ、やめ！」

犬の力に負けてハヤトは引っ張られていく……。大人を前にしては、やむをえずケンカになったようにふるまわねばならなかった。なだれを打って走り出す。鎖がほどける。ガーッとぶつかってもみくちゃになってはじけ、勝負はあっさり決まった。かみさんが奥から血相を変えて出て来た時には、チンはどこかに逃げ去って、かみさんがチンの代わりに恥をかかねばならなかった。

ポチには奢《おご》りもないし深追いする気もない。瞬時に爆竹がはじけるような肉塊のぶつかりあいがあって、負け犬がはじき出されて人垣の外に退却する。それがポチの勝負だ。

なぜそんなにあっけないかというと、放し飼いの意気地なさ、安穏な生活ぶり、しつけのなさなどから来ている。縄張りといっても自分の力で勝ち取ったものではない。一日の糧も飼い主に与えられるので何の苦労もない。役目は見知らぬ人にほえるだけ。ところが吠えてはならない人に吠えて叱られる。そうこうするうちに、だれにも驚かなくなって役目が何であったかさえ忘れてしまう。

トロンと軒先に寝そべって午後の日差しにまどろむうちに、やがて夕飼の匂いが漂い、関心はもっぱら食い気となる。人が通れば薄目を開けてチラリと見やり、何でもないや、と勝手に解釈してうたた寝を続ける。義務といえば、飼い主が「おいでおいで」をするときに、そばによって親愛の情を示すべくペロペロなめればそれで果たせた。そんな時にポチがやってきたのだった。チンが逃げ去って、

「ケンカをしてはいかん！　いつも教えちょるやろ！」

大声で叱るふりをして立ち去るとき、崩れた見物人からポチに注がれる視線と感嘆の声！ハヤトらまでが誇らしくなっていよいよ縄張り荒らしが面白くなってきた。

ふしだらなジョン

ジョンは、といえばこちらは情けない。評判がわるく家族内では厄介ものあつかいだ。だれもが「シーボ切れのジョン！」と呼んでバカにする。尻っぽふりふりクネクネと胴体をくねらせて人に近寄っていく。親愛の情を表しているのに腹をけられて追い払われる。これでいじけないはずがない。

だからこそジョンを守っているのがハヤトであった。その気持ちは痛いほどジョンにも伝わって、会うと飛びついて手といわず顔といわずベロベロとなめまわして愛を表すのだった。

世は食糧難の時代。大飯食らいなのでハヤトはとても心配だ。食べるばかしで能なしじゃ、出て行ってくれ、などといつ言われるか内心ヒヤヒヤしている。そこにいくとピノは優等生どころか特待生なみだ。ネズミは見かけなくなったし、寒いときにはひざの上に丸くなって一緒

に暖まった。いるだけでほのぼのとしている。

ジョンにはピノの爪のアカでも煎じて飲ませればよかった。一度でもドロボーを追い払ったなどいう実績があれば認められるだろうに、見知らぬ人にもないに等しいシッポをふりながらすりよっていく。そんなおひとよしのジョン。これではいけない。厳格に教育をやり直そうと改めて鎖につないで「お手」からやってみたが遅かった。

鎖につながれて悲しそうなジョンをモモが散歩に連れて行ってくれたが、ジョンはなんだか変よ、という。草を食べるのはそう珍しいことではない。おかしいのは尻を土にすりつけながら歩くというのである。いつもは先を行くジョンがしばしば遅れる。前足だけで歩き、しりもちをついたように後ろ脚を前に投げ出している。後ろに回ってみると、なんとお尻から出た二メートルものサナダムシ（條虫類一メートルから数メートル）が地面を這って、切ろうとしても切れずにズルズルお尻を地面につけて歩いていたのだった。ハヤトだって気持ちが悪い。駆除するにはお金がいる。ジョンへの風当たりは強くなる一方だ。放し飼いなら駆除してもムダだ、とはだれでも分かる。だからといって鎖でつないで養えるかといえば、それも世話をする人がいない。生き物にやさしいハヤトの父親でさえ、どうしたものかしらん、と考えている。

優等生のピノ

そんなジョンを縁側で背を丸めて見ていたのがピノ。オシッコの時以外はめったに地面に降りない。一方、ジョンは廊下に上がることはなかった。生活空間がちがうので衝突も仲よくなることもなかった。ピノはもっぱらモモと仲よしだった。鼻が高いからピノキオと名づけたのに体がふっくらすると普通の顔になった。

ピノが来るまではネズミが台所を中心に走りまわっていた。「ネコイラズ」という毒玉を置いておくと食べたネズミは水飲み場にはい出て命が果てた。「ネズミ捕り」は金網でできた四角いカゴで、肉の唐揚げなどを餌にして台所の隅などに置いておく。罠にかかるとネズミ捕り器のまま疎水につけてじわじわと殺す。ぷくぷくと泡を吐き出すうちにそれもなくなって、それでも出口を求めて動きまわって赤っぽい四本の足を伸ばして動かなくなってしまう。殺すことは楽しくなかったが悲しいともつらいとも思わなかった。いかに死ぬかをまざまざと観察していたのだ。

そんな残酷な仕事がピノの手に移っていた。捕らえたネズミを誇らしげにくわえて部屋の中に持ち込んで、皆の前で転がしたり軽くいなしたりして遊ぶのだった。ネズミは血を流し、腹が破れ、顔面は赤黒く染まりながら息絶えた。こうしてネズミは少なくなった。

ネズミ遊びも年とともになくなって、縁側やこたつで丸くなって、時折モモに抱かれて静かに暮れていくといった、たんたんとした日々が続いていた。

ハヤトにとってピノはいてもいなくてもよい存在になっていった。そこにいることがあまりに当たり前なので、会っても会わなくても感情にさざ波ひとつ立つことがなかったのだ。やがてピノは命が果ててしまうのだが、そのときになってはじめてピノがいなくてはならない存在であったこと、ハヤトの心の一隅をしっかりと占めていたことが理解できたのだった。死んではじめて知るピノへの親しみ！　それほどまでに気の置けない存在だったのだ。

ポチのケンカ

竹林でモズがキンキン鳴いている。暑さが去るとカナカナゼミが鳴き、それがやむとモズの季節だ。秋やなぁ、子ども心に感慨にふけった。ポチもがっちりとした重みがでてきた。放し飼いで縄張りをもった犬はいばっている。そいつをやっつけるのは実に痛快だった。ポチは全戦全勝。どこから見てもほれぼれする。とはいえ厳格に管理された犬とはケンカができない。ポチの本当の実力はそれらと闘わないと分からないのだ。けれどもその気はない。

その日も揚々と、ハヤトと彼の犬友達である次郎と二人して愛宕さんのふもとを巡る小道にやってきた。その真上、クマザサの斜面を平地にして家が建つ。神社の守り主のうちで参道の石段から出入りする。いつもは鎖に繋がれた番犬だけが庭をうろついている。

一家は、神社、参道、樹木、一切をがんこ一徹に守っている。子どもがご神木にいたずらしたり、木登りでもしていようものなら、番犬をけしかけられたり物干し棹でこづき落とされたりした。次郎も椎の実採りでこづき落とされて足の骨をくじいたいまわしい記憶がある。そんな次第で、守り主は子どもに嫌われ、恐れられ、そして恨まれていた。

その日、太陽は西の山の端に近く、光も弱々しく空気は黄ばんでいた。サラサラと大楠の間から日の光がこぼれ、家はその底にひっそりとたたずんでいる。木の葉も地面も屋根もなにもかも同じ色に収束してしまいそうな秋のたたずまい……。平凡な一日。番犬も退屈そうにまどろみ、木漏れ日を身に受け、森の底に沈んだように目立たない。

そこに葉っぱ踏みふみやってきた。二人は番犬がいることは知っていたが、気になるのはもっぱら守り主のこと。君子危うきに近寄らず、ではないけれど、早く通り過ぎたい一心で、犬のことは念頭になかった。

ところが番犬が人の気配を感じた。ぬすっと立ち上がって激しく吠え始めた。その瞬間ポチは鎖を振り切って走り出していた。不意のことで止めようがなかった。ポチは脱兎のごとくクマザサの土手をかけのぼっていった。子どもらはササの急斜面を駆けあがれない。いったん参道の石段にでて登らねばならなかった。追いつくとすでにガオガオと鎖がからみあう、くんずほぐれつのケンカをやっている。

しまった、えらいことになる！　次郎には守り主の顔が浮かんだ。

ガラリと木戸が開いた。木刀を持った坊主頭の男が現れた。上は裸。

「うなぁ！」

犬にも勝る大声をあげ、木刀を振り上げて二頭の中に分け入った。両者がはじけてわかれた。

威厳と気迫が犬を圧倒し、ケンカを止めさせたのだ。ハヤトはポチの鎖を手にするとこれ幸いに、「すんもはん」、小さな声でそう言って立ち去ろうとした。

「ばかもん！」

男は腹をたてていた。勝手に踏み込んでケンカを吹っかけ、おまけに午後のまどろみを破られた、となれば、だれだって怒るだろう。けれども言い訳を聞くうちに、故意ではないことが知れて表情も和らいできた。

何を思いついたか、このまま待てよ、どこにも行くなよ、と足止めしていったん家の中に消えた。子どもらは金しばりにあったように立ち尽くした。

やがて彼は紺の作務衣《さむえ》を着て柄杓《ひしゃく》を持って出てきた。水をぐびぐびと飲み、ついで両方の犬に順々に与えた。煙草に火をつけ切り株に腰を下ろして一服し、次いで尋問に移った。反物屋の犬と知って驚いた。彼はおとよさんの子犬を愛撫したこともある。だからポチの生い立ちを知っていたのだ。

犬は静かにしている。風もない。ゆるゆると紫煙がたゆたいながら木の間に消えていく。木漏れ日が差し込んで晩秋の落ち着きが戻ってきた。この分なら無罪放免されそうだった。けれども平和が訪れたと考えたのは早計だった。男は犬の鎖を手にすると、さっ、境内まで行こう、やらせてみようわぃ！　そう促して、わが犬の鎖を手にして石段を登り始めた。

相手はポチと等しく八貫から九貫目（三〇キロから三三キロ余）くらい。日本犬ふうの体つきだが胴が長い。耳は立ち、耳たぶには血管が浮き出てコウモリの翼のように大きい。毛並み、それが変わっていた。毛は短くてポインターと同じくアバラ骨の恰好まではっきり分かる。痩せているのではない。筋肉質なのだ。地は灰色だが焦げ茶の斑点が全身をおおう。斑点の大きさはバラバラだが顔面のそれはそばかすのように小さく凝縮している。目は周辺の黒色に埋没して目立たない。その風貌から毒犬とのあだ名がついていた。

小山をなす愛宕さんには西と南にてっぺんへの石段がある。境内を木立が取り囲み、東よりには白く古びた社が建ち西側が広っぱ。ポッカリと青空がのぞいて日が差し込み、ときおり、ザザーッ……風が通りすぎてゆく。

今度ばかりはケンカが恐ろしくなった。ポチはつらつとして向かうところ敵なし。ただ出会っていないだけで上には上がいるだろう。放し飼いの犬なら勝機十分、そんな犬を選びたい気持ちがあったし、あえて強い犬をさけてきた。

ポチの家の向う隣の猪屋には、勇猛な紀州犬、その隣りのカシワ屋、これはくだんの種豚屋が営む店なのだが、そこには、前に登場した土佐犬ふうのタマが養われている。もしもあいまみえれば壮絶をきわめた血みどろの闘いとなってどちらかが無抵抗となるまでやるにちがいない。

そのころ子どもたちの間で、一番強いだろうといわれていたのは上町《かんまち》の鉄工所に飼われている犬であった。焦げ茶色に錆びついた地金の山の奥に子牛のように大きな黒い犬が寝そべって

愛宕さんのてっぺんに向う階段

いる。耳が立ち背は黒光りしていたが、シェパードとは違った艶をもち一回り大きく感じられた。もしかするとこれがデンマーク産のグレートデーンかもしれなかった。これもケンカ相手になることはなかった。

そんなわけで、本当に強く死ぬまで闘いを放棄しないような犬は飼い主の厳しいしつけと愛情を受けながら人知れぬ所で息づいていたのだ。それらと遭わなかったからこそポチに怖い存在がなくなった。神社の犬にはそんな時に出会ったのである。

犬のケンカもさることながら相手が悪い。何を考えているか分からない人物だ。詫びを入れたが、たかが犬の相撲じゃ、と聞く耳を持たなかった。なぜケンカをさせたいのかも分からない。逃げて帰れば金輪際、神社では遊べなくなる。ようやく腹を決めた。

たかが犬のケンカというけれど男は真剣だ。毒犬が勝つと信じたゆとりも、ましてやおごりもない。双方の犬を公平に扱っている。そのことが、真剣勝負を望んでいることをうかがわせ、子どもらを従わせる無言の力にもなった。

もはや勝負はどうでもよかった。預かり物の犬だ、斜面の下に逃げてでもよい、ケガせず早くすんでくれ……そう祈りたい気持ちだった。それでいて負ける姿を思い浮かべ得ない。一方で、毒犬には特別の「技」が仕込まれているかも知れないとの思いも消えなかった。

犬は無言で向き合っている。双方、旧知の間柄のように騒がず、それぞれの主人の指図を待ちながらよそ見さえする余裕があった。それは命令に従って闘うだけ、という忠実な姿でもあった。

真上に突き抜けるような青空が広がっていた。北には九州山地がうっすらと波打っている。いつも見なれた風景……。静かだ！　いったい何が起ころうというのか。何も動かない。たたずむ三人とあどけない二頭の犬。鎮守の森に囲まれて、そのまま彫像になってしまいそうだ。しばし時の流れが止まった。平穏な情景は瞬時のことであり永遠のことにも思えた。ハヤトはいつになろうと忘れない光景だな、と思った。

二羽、三羽、「ピーピー」鳴きながらヒヨドリが飛んでいった。男が腰を下ろして彫像がくずれて現実にもどった。そして首輪ごと鎖を外し胸元をだきしめた。犬ははやお互いをにらみ、突き進もうと足は地面をかき始めた。

「えか　はなせ！」

男の声に二頭は土をけった。

玉と玉がもみくちゃになった。くんずほぐれつの闘いがはじまった。双方にとって手ごわい相手だ。カチッ、カチッと空をかむ。ポチがおそいかかる。相手はひるんでみえる。だが逃げるのではなく機会を狙って引いただけだ。ポチは軽やかにおそっては身を引く、そのたびにふさふさのしっぽが風に流れるようだ。

一方の毒犬は対照的に、風のように、とは見えなかった。彼はやや伏せ気味に下からポチを迎えうっている。外からポチがおそってははなれ、はなれてはおそう。そう、獲物におそいかかるときのポチはいつもそうだった。猫が玉にじゃれつくときのように楽しげにさえみえた。なあんだいつものとおりじゃ、子どものころのじゃれあいだ、何事も起こりえない、そのうち両方ともへーへー言いながら地べたに座り込んでしまうだろう。そのとき引き離して鎖をつければいいのだ。そう思うとハヤトは妙に落ち着いた。が、相手も手ごわい。いくらポチがおそっても、これといったポイントがない。大きな切り株にむかっておそいかかっているようなものだ。対照的な二頭は、静と動、疾き風と動かざる山、そうも形容できよう。

毒犬とすればポチを下から迎え撃つしかない。ポチは頭や首や肩など上側にジャブを出し、いずれ必勝の一発をしかけている、とみえるが相手のガードもなかなかのものだ。

男は、そうそう、そこそこ……、とつぶやいている。ハッとした。毒犬はある作戦に立って闘っていることが見えてきた。最小限の動きで確実にひとところを狙っている、ということだ。ポチの襲撃をクネリクネリとさけ、直後にポチの喉首辺りをおそっている。

ポチは軽快に動いた。よくはねて後ずさりしたし、跳んで体ごと当たっていった。毒犬もしなやかな肢体をもっている。ポチの軽快なつっこみにわずかに体をかわすと、ポチの牙が空をかむ。カチ、カチッ。次の瞬間、毒犬の牙がポチの喉付近を捉えようとする。が捉えられない。ポチは一歩退いて次の攻撃に移る。

子どもはこんなケンカを初めて見た。必死必殺、互角の闘い。それも闘いのための闘いであり、勝って得るものは何もないのだ。ポチの若い力と柔らかな身の動き、毒犬の熟練した技と巧妙な身のこなし。ポチの天真爛漫な闘いぶりは若い貴公子のようだ。一方の毒犬は獰猛《どうもう》にして残忍、そして老獪《ろうかい》な策士であった。

どこか傷ついたのかポチの首筋がうっすらとピンクに染まった。ふさふさした毛が幸いして大事には至らないのであろう。ポチの闘志になんの変化もない。彼が斜め上から両あごをつき落とし、大きく頭をふった。その下で毒犬がゆれた。重い振り子を口にぶら下げて左右に揺さぶる仕草と同じ。ひときわ甲高い声がして二頭は弾き飛ばされた。毒犬のコウモリの翼のように広い耳たぶは後ろにぴったり寝かせ付けていた。その中程から先が裂けてしまった。

鮮血に濡れた。均衡は破れた。血を見たことがポチに新しい力を与えた。しかし止どめの一打をどうして与えるのか。ポチは所詮はのほほんと育った飼い犬。野獣ではない。急所を知るわけではない。飼育されて毒気は抜き去られている。

闘う。何のために？　ポチには何もないのだ。ただ闘っているに過ぎない。その唯一の成果が耳裂きであった。一方の毒犬は訓練によって目的を知っている。そのためにじっと待つ。命の重みからすれば耳たぶの一枚くらいはなんということはない。ただ一度喉元に牙を打ち込んで離さなければよい。ただ、ポチのふさふさした毛が肉塊の有りかを曖昧にしていた。そのせいか、毒犬はなんら有効な打撃を与えていなかった。とはいえポチだってそのうち疲れるだろう。ひたすらたえて食らいつけば勝負は決まる……。

ところが事態が変わった。ポチの牙が相手の肩甲骨の辺りに刺さった。ギャッ！

「アッ！」

焦げ茶色の毛の間に白い肉がみえ、瞬く間に赤く染まった。鮮血が散った。毒犬の前右足から力が抜けた。それからは毒犬は受け身の体勢に入った。すねたように身をねじ曲げて相手の出方を見計らった。ポチには次の打撃を加えるのは容易にみえた。毒犬がジリジリと下がり始めた。退却は時間の問題となった。

「もうよか。勝負あり。負けじゃ」

男が木刀を持って二頭の間に分け入った。

「ポチ、ポチ、こっちこい！」

きびしく制する声にポチは迷った。

「ポチ、こい！」

ヒュンヒュンと悲しげに鳴いて帰るのを、両手を広げて迎えた。舌を垂らし「ゼ、ゼ、ゼ、ゼッ」。わずか二、三分のことであろう。ポチの若さと敏捷さがわずかに勝っていた。少なくとも勝負の上ではポチの勝ち！

男は傷を観察した。どすぐろい血が毛をぬらし、骨に届いた裂傷が痛々しい。タオルで傷の部分を胸から巻き上げた。

「よか犬になったなぁ。親犬以上かもしれん」

彼もまた犬の消息に詳しかった。毒犬の根性と鍛練の成果を試したかったのだろう。犬好きだからこそエコヒイキなしだったのだ。心なしか目が潤んでみえる。放し飼いの犬とは違う、役目に忠実なしつけと強さを持った立派な犬。たまたま今を盛りのポチに一歩譲っただけ。

「はよう体を拭いてやれ。水もほしかろ。ほいじゃ」

犬と二人、南の階段に向かった。後ろ姿が石段の先に消えてゆく。突き抜ける青い空。風が吹きわたり、椎の枝葉が揺れて夕暮れが近い。ヒヨドリがキーキー鳴いている。そうだ、忘れていた。一回りしようとしていたのだ。けれども帰ろう……。二年近く前、おとよさんに引かれて草にさえ足を取られてコロコロと転がっていたポチ。

「おばちゃん、今日も勝ちもうした……」

心では報告して実際は何も言わないのだが、この日ばかりは真実を述べねばと思った。「ポチは強うなりもうした……」。しかしその強さゆえにいずれハヤトと敵味方の関係に立ち至ろうとは考えもしないことだった。

神秘の国からの贈り物

子ウサギ

たしか敗戦も濃厚な昭和一九年の秋の、つむじ風が吹いて埃が舞う日だった。ハヤトは母に連れられて東の台地に野良作業に行った。家一軒もない秋枯れのずっと遠くに、山並みが白くかすんでいた。

サツマイモの収穫に行ったのだ。青々と茂ったツルを掘り起こしてイモとツルをカマゲに入れた。モンぺをはき、ほおかむりをした母は、山と積んだ荷車を、体を斜めにして引いた。後ろから、日本男児ハヤトもウンウン押した。手はヤニで真っ黒。慣れない仕事で疲れたのか、立派な門構えの家に入った。

「お水をください！」

ちょこんと座った濡れ縁は午後の陽だまりが暖かくて地獄に仏の気持ちだった。そこで白ウサギを見た。素掘りの堀に数匹遊んでいたのだ。土に穴を掘って、その奥に巣をつくって子を生んでいるという。和やかな光景は彼に忘れがたい印象を与えた。

窮乏生活の後には敗戦が訪れ、アンゴラウサギを叔母たちが飼い始めた。透き通った絹のような白く長い毛。羊毛の代わりに売れるよ、という触れ込みだった。見かけは大きくなったので、ハサミで毛を刈ってみた。暴れるわ暴れるわ、挙句の果てに傷だらけになってごつごつの体が露わになった。叔母らはがっかりして止めてしまった。二つとも戦争の面影が付きまとう記憶だ。

昭和二七年。ハヤトは小学六年生。年呂《としろ》に誘われてウサギの子を見に行った。もはや過去の記憶はかすんでいた。

大きな木箱の中、ふっくらと山をなしたレンゲ草のそばに純白の親ウサギが寝そべっている。その周りを数匹の子が跳ねまわっていた。その息づかいさえ伝わる位置でハヤトらは母ウサギと対面した。彼女は愛くるしい目をハヤトらに向けた。それは夢のある生き物だった。かつての出会いとはまるで違うときめきがあった。

それには、うきうきする前触れがあったのだ。

霧島連山の北ふもとは、かつて「春野の郷」とも呼ばれた。その名のとおり野原は春の陽光でむせかえり、ピンクのレンゲ畑、緑の麦、黄の菜花、その三つ巴の区画がモザイク風に広がっている。まるで花園のようなレンゲ草の細道をルンルン気分で歩いた。その先に、可愛いウサギの赤ちゃんが待っている……。鉄夫、ポチ、ジョンがお供。青い空、白い雲、大地には花と若草が匂っている。白いチョウチョが遠くでチラチラ、近くでチラチラ。二つ三つ、白い帽子が見え隠れ、その先の森陰に友の家はあった。春の野を越えてきた楽しさと汗ばんだ心地よさがあいまってうきうきした高揚感が治まらない。

ピンクの目は奥が深い。水晶のように透き通っていながら底が見えない。それはおとぎの国にいざなう不思議な力を持っていた。水晶玉の奥に、幼い日ハヤトが枕もとで聞いた、童話の世界があるにちがいない。

家ウサギの場合、誕生時にはふにゃふにゃした丸裸で大人の親指ほどの大きさだ。一週間ほどで目があき白い毛が生えはじめる。ビロードのような短い毛はぐんぐん伸び、三週間目には巣から這い出て草を口にするようになる。そのころだって子どものこぶしほどしかない。それからの数日は、親子水入らずのひとときだ。レンゲやクローバーが大好物で一枚一枚小さな口にもじもじと消えていく。かけっこ、取っ組み合い。日に日に巣箱は狭くなって一カ月目には親から離れても生きていける。

ちなみに、野ウサギやモルモットは生まれた時から眼があき毛も生え、すぐにも走り回る。家ウサギの妊娠期間はおよそ一カ月、モルモットは二カ月ちょっと。胎内にいる期間が違うとそこまで違うかと驚くほどだ。

友は、一匹を取り出すと手の平にひっくりかえしてお尻をみた。ウサギの子の男女の判別は、ニワトリのヒナほどではないが、馴れないとむつかしい。

「オッツじゃ、これでよければ取りに来て」

来た甲斐があったというものだ。年呂は馬歯を突きだし、目が隠れるほどに笑って喜んだ。隣には、お産直後のウサギがいた。住み家は巣と食事用の部屋に分かれており、両者は馬蹄形にくりぬかれた仕切り板でへだてられ、巣の方は筵《むしろ》でおおって暗くしてある。

「シー!」、友は巣箱の上ブタを少し開けてのぞき見させてくれた。息を殺してチラッとみる。薄暗いなか、すみっこがこんもり盛り上がって綿雲のように白い毛が覆っている。母親が自分の毛を引きぬいて嬰児にかけてやっているのだ。神聖な巣を垣間見たとき、ハヤトの胸はドッキンドッキン! 高鳴った。

「あがいやったもーし」

友の母に呼ばれた。柿の若葉が濡れたように光っている。その若葉が映える縁側に、みずみずしいビワとカカラ（サルトリイバラ）の葉にくるまれた団子が運ばれてきた。

「かわいいでしょう。同じ目の高さから見るからよ」

母堂は教えてくれた。

そうか。赤ちゃんだって、だから抱きかかえるんだ。たしかにウサギと息をかわし、同じ目線で見つめあった時、その可愛さにはグッとくるものがあった。以来、神秘の国からの贈り物、ピンクの目の真っ白な毛皮をまとった姿がハヤトの脳裏から消えることはなかった。年呂は、オスと判定されたそれをもらい受けることになった。

慈敬園

約束どおり年呂は子ウサギを引き取ってチャコと名付け、チャボが飛びまわるニワトリ小屋に同居させた。地面から一メートルほど高い棚にチャコの家を置いた。家といっても簡単なもので、木の箱に金網を張って木の扉をつけ、床は竹のスノコにしたものだ。

隣の竹やぶにはイタチ、テン、タヌキが出没する。それにネズミも犬も恐ろしい。なにはともあれ住んでいることを知られないようにしなければならない。

つやのいい茶色のチャボは小さいながらすっくと立って、「コケコッコッ！」。つまった鳴き方で朝をつげ、メスは小粒で栄養たっぷりの卵を産む。小屋の隣は青々と茂る大根畑。肥料はニワトリのフンにチャコのそれも加わることになった。

ゆううつな梅雨の季節。濡れた草にはバイ菌がはびこって食べると下痢をして死んでしまう。年呂は水切りをよくして梅雨をのりきった。夏を過ぎると生後半年、早くもチャコにはおとなの風格が出てきた。

夏休みが終わった。二学期も軌道に乗ってきた。年呂が通う小林中学校は、西の高台「緑が丘」に林を切り開いて新しく建てられたものだ。広い敷地に木造の平屋が三棟並んでいる。風が強い日には砂ほこりが舞った。通学路は人影もない田舎道だが、下校のひとときだけは道幅いっぱい、黒い学生服で溢れかえる。幹から枝分かれするように、一つ、二つと鳥の罠の見まわりや植物採集など好き好きに道草に散っていく。その一つ、示し合わせた数人は静まり返った慈敬園にかけこむ。端正に刈り込まれたヒノキの門構えを通り抜けて裏庭に入り込むと、いたいた、青々とした野菜畑の中に麦ワラ帽子が一つ浮かんでいる。お目当てのじいさんが野良作業をしていた。

「おいさぁん、おいさぁん！　こんちわ！　ウサギを見せてくいやんせ」

すると麦ワラ帽子が立ち上がり日焼けした顔がぬっと現れる。丸い黒ぶちメガネ、白い歯、やぁ、来たかい、と細い目は語り、顔がかくれるほど山盛りの草をカマでさしかかえて畑から出てくる。

慈敬園には三〇名くらいのお年寄りが一緒に暮らしている。ウサギを養っているのは三人だが、リーダーは子どもたちに、おいさん、と呼ばれている。彼もまた子ども好きであった。納屋の外壁を囲んでウサギ小屋が、犬などにおそわれないよう中二階、つまり人の目の高さにずらりと置かれている。一つひとつの小屋は、横長七、八〇センチ、奥行き五〇センチ、高さ四〇センチほどの木箱で、一箱に一匹住まいが原則だ。親同士の集団生活はさせない。屎尿は底に渡した竹のスノコの隙間から落ち、肥料として野菜畑に帰される。

親だけでも全部で十数匹いた。ほとんどが白いウサギで、図鑑によれば、日本在来種とニュージランドホワイト種。因幡の白ウサギが日本在来種。横文字の方は少し大型で、おたふくさんのようにあごがプックリとエリ巻きのようにくびれている。いずれも奥深いピンクの目。時には茶色のレッキスも、ビロードのような毛ざわりのチンチラウサギもいた。

血統を重んずればそれぞれの雌雄が必要だが、白いウサギの場合、種ウサギの役目はほとんどニュージランドホワイトが務めていた。その場合、生まれてくるのはすべて白ウサギ。明らかに雑種だが、おいさんたちはそう思っていない。

餌はもっぱら草、それを決まった時間に与える。どんな草でも一緒に入れてしまう。それがバランスの取れた食事の秘けつだ。毒草は自分でより分けて口にしない。濡れた草は禁物だ。ウサギには水を与えるな、というが、それは春、みずみずしい草がたくさんある時期ならば正しい。しかし冬は枯れ草中心となるので水が必要だ。

種ウサギもいれば子を産んだ母ウサギもいる。妊娠から出産、育児、親離れと、子どもが育つ様はすてきなドラマだ。少年らはそのドラマを見にいくわけだ。事実、成長を見守るのは我がことのように嬉しい。ただ、慈敬園には親ウサギか生後一カ月以下の子ウサギしかいない。なぜなら生後一カ月目にはほとんど売れてしまうからだ。つまり成長の途上にある月齢二カ月から半年くらいのウサギはめったにいない。

訪れるうちに欲しくなって買ってしまう。なかには子を産ませて売る子どもも出てくる。オスは子を産まないので生産性がない。一方、メスであれば子を産ませて売ることができる。だからメスの方が高く、五〇円。オスは一〇円が相場だ。日が晴れた、生後一カ月目の値段である。梅雨時には育てにくいので値が下がる。ちなみに、日が晴れた、というのは薩摩地方の言葉だがとても説明しにくい。勝手にいえば、暗いしとねにこもらなければならないひと月ほどが経過して親子がハレて人前に姿を現せるようになること、である。

ある日、年呂はおいさんに特別の頼み事をした。おいさんのウサギでチャコに種付けをしてくれ、というお願いだ。

チャコは六カ月を過ぎるとひとり前のおとなになった。ところがオスだというのになんとなくなよなよしている。年呂の兄は、あれっ？　と思った。首筋をつかんでひっくりかえし、局所を見た。

「うへぇ！　こんオスには玉が下がっちょらんど！　メスじゃわい。もう子どもを産ませてもよいくらいじゃ。一度やらせてみればえぇ」

なんと、友が間違えてしまったらしいのだ。犬の子のオスメスは誰でも分かる。子ウサギは見分けがたいが、おとなになれば、オスには赤っぽい玉（睾丸）が下がるし、触れると突起がでるので一目で分かる。もちろん黒や茶のウサギの場合は黒っぽい。ただ、仰向けに抱いてしっかと見ないといけない。子ウサギの場合は人のまぶたをひっくりかえすよりも難しく、ベテランでも間違うことがあるわけだ。

シメシメの儲けもの！　小躍りして喜んだ。養いに力が入る。夏は水浴びのついでに、秋になればスズムシ捕りのかたわら草刈りをする。いよいよ子どもを産ませてもよいころとなった。

年呂は大きなザルにチャコを入れて慈敬園にやって来た。

「アタイ《わたし》がメスウサギごわす。種付けをさせっくいやんせ」

「やぁ来たか。待っちょったど。どりゃどりゃ見せてみい」

おいさんは快諾した。種付けのお礼に、産んだ子の一匹を差し上げることとなっている。チャコはやがて生後半年、妊娠・出産には耐えるはずであったが、しげしげと見たおいさんは日焼けしたアゴの不精ひげをさすりながら、

「フーン、ちょっと早いかもしれん。じゃが……すればよかかも……」

ンンンなどと聞き取れない独り言。ウサギの首筋をわしづかみにして金網越しに種ウサギに

示した。すると種ウサギは落ち着きを失い、クーッ、クーッ！　と鳴き、足でトン……トン……床を叩いた。体はひとまわり大きい。チャコを箱の中に入れるが早いか交尾しようとガタガタガタッ、としかけはじめた。背中に乗ってチャコの首筋をかみながら、トレモロの速さ、といえばヒゲが三本ついた三十二分音符の速さの運動のくりかえし。初めてのチャコは驚いて箱の隅にへばりついて動こうとしない。腹ばって耳を寝かせ目を閉じて、嵐のような種ウサギのしかけを辛抱している。やはりちょっと早いのか。

「その気になれば一気じゃがなぁ」

疲れたところで新しい草を入れてやる。種ウサギに続いてチャコもおそるおそる食べはじめた。しばしの後、種ウサギの挑戦に対してチャコは恥ずかしそうに逃げるようになった。スルリスルリとすりぬける。恐怖心は去ったのかもしれない。しかし交尾するにはお尻を種ウサギの動きに合わせて上向きに持ち上げなければならない。観察する方も、事が成就しないのでくたびれてしまった。

「夫婦のこたぁ夫婦に任せよや」

「しばらく放ったらかそうや」

そう話しているときタイミングよく、

「お茶でもどうぞぉ。あらまぁ、今日は若いお客さん！」

割烹着のまるまる太ったカネさんが声をかけた。家政婦として住みこんで八年。年寄りの生態はもちろんウサギのそれもあきれるほどよく知っている。

「村さん、若い人に早うから教えちゃいかんよ。教育に良くないがね」

「何言うか。こげなこちゃ、早いほうがえぇ。免疫じゃ。免疫！」

二人は丁々発止で話し始めた。分からぬ隠語が多いがおもしろそう。年呂たちも興奮気味だった。カネさんはいよいよ赤ら顔になって、カラカラと笑い、

「じさんと、ウサギの前でして見せましょうか」

ただただ明るく屈託なく見える彼女だがなかなかの苦労人。お年寄り相手の仕事は辛抱強く親切で優しくなければならない。好きなのにあのひと冷たい……などと訴えられる。そんなとき一緒に悩んでやる。恋は灰になるまで、と聞いている。ほんとにそう。とするとお年寄りってなんとかわいい！　寡婦で、もう読書三昧のカネさんだが、思わぬ熱い心の持ち主がいると、自分だって！　と言いたくもなった。


おいさんは白髪頭の丸坊主。七〇を越えた高齢だが鍛えた体はつややかだった。縁側に腰をおろしてお茶をすすりながら昔話しをしてくれた。

「あれは一〇歳ごろのことじゃった」の切り出しで始まったおいさんの思い出話……。

よく竹馬遊びをした。一里（約四キロ）も離れた山に行く。腰には弁当、ポケットには小刀

一丁と椎の実袋が入っている。ある昼下がり、野良仕事を手伝っていたときじゃった。背後でなにかの気配がする。振り返るとカラスが弁当を持ち去るところじゃった。アリにたかられないように松の木の小枝に吊るしておったのじゃ。それをくわえてバサバサッ！と。「こりゃー」と叫ぶと、あわてて落として逃げた。カラスの野郎は力もある、知恵もある。それにしてもすごい飛翔力。たまげたね。

それから森に行って椎の実拾いをやる。しこたま採って袋に入れて、さあ、帰ろうか、竹馬に乗って引き返した帰り道じゃった。森の底はなお暗い。深い森は何かが出そうで薄気味悪い。カサカサと落ち葉を踏んでゆく。と、薮から棒に黒いかたまりが跳びかかってきた！

「ヒェーッ！」。竹馬をとび下り、何もかも放り出して逃げた。大木のうしろに隠れて振り返った。黒い塊がうごめいている。どうやらタヌキじゃ。罠にかかっているらしい。わしを猟師と思ったんじゃろう。おそるおそる近づくと、夕暮れのほの暗いなか、落ち葉の上に真っ赤な実が点々と散らばっている。タヌキの好物、野イバラの実だ。「これだ！」これに近づくと落ち葉の下に隠された鉄バサミがバシャン！　挟まれたら最後、逃げられない。

うずくまったまま黒い奥目でみつめている。ちょっと動くだけで飛びかかってくる。かわいそうに。なんとか逃がせられんか、と思って竹棒で押さえると歯をむいてくる。素手ではどうしようもなかった……。濡れ落ち葉のこげ茶色の上に真っ赤な野イバラの実。まるで宝石の粒々のようだった。そのあでやかさと狸の不安げな表情を今も忘れない……。

「猟師に食われたとごわんそなぁ」

うまかったろうな、という話は冗談がすぎる。日清戦争のころの話だ。軍隊の足音ばかりがけたたましい時代、タヌキを助けようなんて恥ずかしくて今まで六〇年近くも話したことはなかったと。

「じさんは優しかったんじゃねぇ、今はウサギに注がれてどのウサギも幸せじゃ……」

カネさんは妙にしんみりとなってしまった。

一方の種付けだが、三日同居させた後、引き取りにいった。

「おいさん、おいさん！　こんちは！」

麦ワラ帽子のおいさんはにっこり笑った。

「おぉ、あれあれ。マチゲなしじゃ。一カ月したらいっぱい生まるっどぉ。よか種じゃから。ばっちりじゃ！」

既に別居中だったが、念のため年呂の前で交尾させることとした。種ウサギは久しぶりに仕事かと喜びいさんだ。なんの努力も要しなかった。ガタガタガタッ、クーッ、バタン！　種ウサギが鳴きながらあおむけにひっくりかえっておしまい。たった三日でチャコはみちがえるように成熟していた。ハヤトもまるで我がことのように嬉しかった。心の中では早くも共有財産だったのだ。一カ月後にお産だから三週間すぎには敷きワラを新しくして……、などと二人の夢はふくらんだ。

放課後は、年呂のうちにウサギ見に行くのがハヤトの日課になってしまった。二人してうっとりとウサギのお腹を見つめあった。寝ても夢、さめてもうつつの一カ月、栄養満点の餌をあてがった。新しいワラを入れた。ところが待てど暮らせど気配がない。初産なので長引くのかな、と首をひねって二、三日、そして十日待っても何もなく、キツネにばかされたような気分だったが、あきらめざるを得なかった。

「おいさん、生まれンかったよ。おいさんの種ウサギは種なしじゃ」

「そげなこたなか。若すぎたんかな。まだサカっちょらんかったとじゃろう」

論争しても事実は事実。産まないこともあるのだ。同じことをもう一回やった。悲壮な気持ちで待ったが駄目だった。そうなると、若いから、ともいえなくなって、何か具合が悪いところでもあるのではないか、となり、おはらい箱となってしまった。なぜかといえば、年呂の場合、単純に、かわいければいい、というだけでは許されなかった。何をするにしても一家を上げて趣味と実益は兼ねなければならなかったからだ。産まなければ失格。年呂はそれ以来ウサギを飼わなくなり、もっぱらハヤトの指南役になった。

犬たちの世相

友の消息

独りぼっちのポチ

秋になった。ハヤトが小学校を卒業するまであと半年。担任の悦子先生は二週間近く上京した。生徒は、お見合いじゃゃげな、と噂しあった。その間、級友は他のクラスに分散したが肩身のせまい思いをした。

帰郷した先生は東京の発展ぶりを語って聞かせた。そして、上京なんて簡単！　とにかく「上り」の列車に乗りさえすれば着くんだから、と旅の易しさを説明した。みんな目をパチクリさせて聞いた。今からすれば東京は欧米並みに遠かったのだ。

悦子先生は、「心に太陽をもて！　くちびるに歌を！」という詩を毎日かかさず復唱させた。それは生涯忘れることのない強い印象をハヤトたちに与えた。

思春前期の男子生徒は悦子先生に淡い憧れを抱いていた。青い青い思いは一人だけの夜にかえって強くなった。だから、肩身のせまい思い、というのは、実は先生を慕う淡い恋心にも似た気持ちでもあった。先生と別れたくないという気持ちがいっそう小学生生活を名残惜しいものにしていた。

太陽が天道を巡る。かように天下も動いている。それは反物屋にもポチにも、ポチとハヤトとの関係についてもいえた。

田舎は戦後のドサクサからいち早く立ち直ったものの発展性がない。南九州には特にその感が強かった。風光明媚な景勝地を誇る一方で、キティ、ルースなど横文字台風が次々と上陸し、「台風銀座」と呼ばれた。痩せて風水害に弱いシラス土壌、大消費地に遠いなど、人の手ではいかんともしがたい地理、地形、気候が南九州の陰の演出者だ。

台風一過、翌日は見事な日本晴れ。

「あげな所に家があったかなぁ」

すがすがしい野山を行けば不思議や不思議！　田んぼの中に家がある。どこかのうちの屋根だけが吹き飛ばされて着地したのだった。そんな貧しさのなかで子どもは元気に育った。

シラス台地には広大な畑が続く

年々歳々花同じ、年々歳々人同じからず。ポチもジョンもそう。彼らが生きる環境もまた移ろわずにはおられなかった。

二歳半をすぎてポチのケンカ相手はいなくなった。散歩の面白さもなくなった。いきおいハヤトらとの散歩が少なくなって、飼い主が散歩に連れ出す当たり前の姿に戻った。

「ちわぁ！　元気じゃしたかぁ」
「よか天気になりもしたなぁ」
軒ごとに挨拶や立ち話をする。ポチを飼った動機は散歩による健康管理。ケンカのことなど知りもしない。犬が現れると手綱を引きしめるのでなんの粗相も起こらない。ポチは、堂々とした母堂の和服姿によく似あう、優雅な散歩相手だったのだ。

紫におう高千穂の峰、それを仰ぎみるのが住む人びとの幸せの一つだ。白雲たなびく日もあれば雲に隠れる日もあった。山肌は夕日に染まり、雪を被り、日々変化して飽くことはなかった。それは年々歳々同じだった。ところが何としたことか、商圏の勢力地図が変わって人の流れが東西に走る国道に移っていった。それにつれてポチの住む沿道の商売が傾き始めた。

反物屋は一時、戦前の水準までは持ち直した。しかし時代の波は激しい。戦後七、八年目、このころが希望に胸をふくらませて笑顔で挨拶する最後であった。散歩にも弾むところがなくなった。ポチも母堂の顔をななめに伺いながら大小の用をそそくさと足し、一回りして帰路に

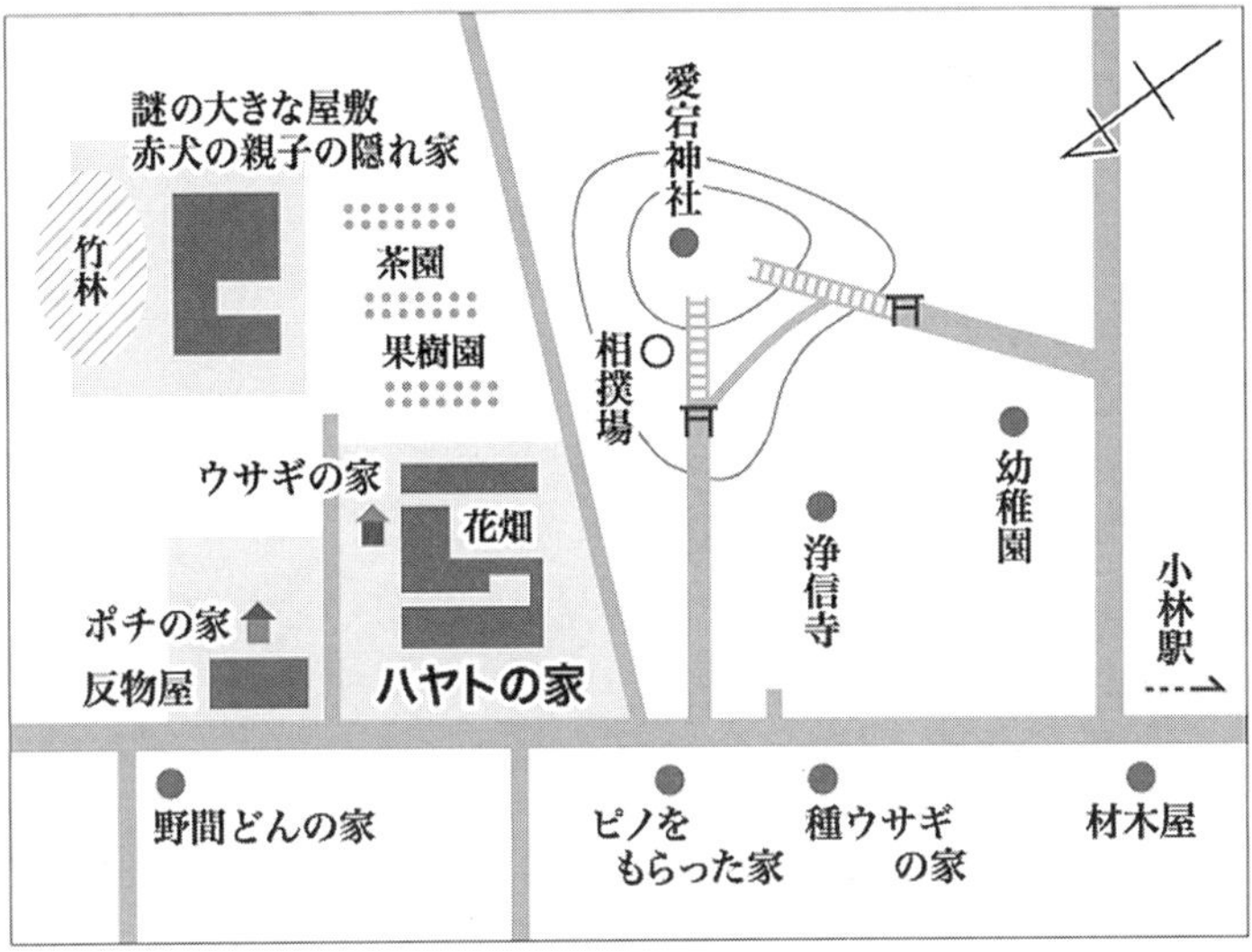

ハヤトの自宅の周辺図

つくというおもしろくないものになってしまった。

子どもと戯れた野山や川の輝きはどこに消えたのだろう。あの活力に満ちた息吹き、果てしなく広大な天地に、春は春、秋は秋のはじけるような喜びはどこにいった？　いたるところ生き物の生活があった。ニワトリ、コジュケイ、キジ……。

ポチが行けば逃げる。逃げるから追う。また逃げる。あの追っかけっこの痛快さはどこにいった？　放し飼いの犬とのケンカはなんと痛快だったことだろう。たわむれた子どもはいったいどこに行ってしまった？

ポチの散歩はハヤトらの日課であったわけではない。好きなときに散歩させていただけだ。ウサギに夢中になり、一方、ある事件以来、ポチを疑いの目で見るようになった。そのこともあってポチから気持ちが去った。ポチの散歩は鎖を解いて彼の自由に委ねられていった。

「行っておいで。すぐ帰っとよ」

勝手口を開けてやると脱兎のようにかけ出してゆく。二回三回つづくとついつい飼い主のほうが習慣づけられてしまった。ポチとジョンが連れ立って走る姿もみられるようになった。こうして両方とも、飼い犬とも野良犬ともしれない勝手な犬になりはじめる。

ピノよ!

庭先の飛び石に白く日が当たっている。ピノはときどき石伝いに庭に降りて草花の匂いを嗅いだりした。このところ変わったことといえばモモがいない日が増えたことだ。彼女は人生の大きな転機を迎えて楽しそうに見えた。ピノには淋しいことだったが不満はなかった。

秋。空は青かった。ピンクのコスモスの花にアカタテハが一羽! ピノが遊び心に飛びついた。爪がむなしく空をかくと、赤いヒラヒラが空に舞って姿を消した。明るさで瞳孔は縦の線ほどに細くなっていた。

家の向こうでジョンが吠えた。誰かが来る。それは喜びを表す吠え声だった。やがてハヤトがやって来た。ピノからは背の高いピンクのコスモスの花の向こうにハヤトの頭だけがみえた。ほかに一人、二人、カラカラと笑いながらコスモスの花畑に向かってやって来た。

（ハヤトの足音だ。お帰り……）

ピノは頭を挙げてハヤトを迎える気持ちでみた。ザワザワした雰囲気が流れた。とっさにピノは、逃げねば！　縁側へ！　と感じた。ジョンが垣根の向こうに見えた。ピノにとって救いにはなりそうになかった。ガラガラと鎖の音。コスモスを分けて入って来たのはハヤトに連れられフサフサした毛に覆われた、しかし血に飢えたような熱い息を吐いている大きな犬だった。ポチがピノにおそいかかった。ピノが跳びはねた。「ギャッ」、牙をむいて刃向かうピノを前足で抱くように押さえつけて首をくわえた。ポチはその大柄な体を「グァッ、グァッ」、一振り二振りした。

「アッ！」

ハヤトが鎖を引いた。けりあげてポチからピノを離した。ぐんなりとなった体は温かった。ただピクリともしなかっただけだ。出血もなく眠ったように安らかだった。以来、ポチはハヤトにとって警戒すべき生き物になった。

逃げろジョン！

ジョンとハヤトは相思相愛を地でいっている。ハヤトが帰ったときの甘え方といったら！飛びついてベロベロなめ、ハヤトは顔を突き出して、おぉ、ジョンジョン！　帰ってきたよ待ち遠しかったかよしよし、と抱きかかえ、なすがままに甘えさせる。飽き足らないジョンは走り出したりくっついたりする。それは野山を一緒にかけまわろうという催促だった。

ふたりの関係は養い方のよしあしや成功とか失敗とかの次元をこえていた。信じあい、心が通じあう仲なのだ。さりとて怪しい人が来ても吠えないし、まことに取りえのない犬だ。それどころか悪い面をあげれば……、おなかにはサナダムシ、飯はその分まで食らう。家族はもとより近所にも評判が悪い。

世間の非難と彼の行為の責任すべてをハヤト一人で受けとめている。それはそれでしかたがないのだが、生れつきのことまで言われるのは心外だ。「シーボ切れ」とはやし立てられ小突かれる。大きすぎる頭蓋骨、トビ色の目は周辺の毛と同じ色なのでまるで引き立たない……。そんな生まれつきのみにくさまで非難されるのが哀れでならない。

心ないガキに、「あっち行け！」と石を投げつけられた。そのとき、なにする！　たいへんな剣幕でハヤトはなぐりかかった。後ろに隠れて小さくなるジョン。だからこそハヤトを信頼し切っている心は美しいばかりだ。それに応えて、万一のとき、憐憫とも愛情とも知れぬ感情が堰を切ってジョンに注がれるのだった。

家族の中でただ一人ハヤトの味方をしてくれるのがモモであった。

「ハヤトちゃんはきっと優しいのよ、とっても」

家族の強い反対に遭っても「養う」と言い張ったときの言葉がそれだ。頼もしくはあったが、一家を経営し世間に顔を向けて生きていく立場の両親とはちがって責任はないのだから応援もできたのだ。

やがてモモが愛しい人に嫁いで行くと味方がいなくなった。ジョンの悪事の数々を挙げられるともう抵抗はできない。畑は踏み荒らす、下駄の鼻緒は引きちぎる、靴の片方を持ち逃げする、ごみ箱はひっくりかえす。よそのうちにも悪事は及んでいる。

今日も魚屋の奥さんに言われたよ。トロ箱をひっくりかえして大変だった。どこん犬じゃろうかって……。何べんも言うたこと、自分でどうするか考えなさい。ハヤトが養う、責任は取るっちゅう約束よね……。

「………」

もはやこれまで、というところまできた。頼むから、とお願いする勇気も失せた。食事は家族そろって、いただきまぁす、となるのだが、ジョンの話に及びそうになると小さくなってしまうハヤトだった。そうこうするうちに米の刈り入れが終わるころになった。

「そうじゃ！　飼える人に預けて時々会いにゆけばいい！」

誰かが養ってくれる！　時々会いにゆく。それは夢のような話だった。そんな虫のよい話があるだろうか？

学校でだれかれとなく相談するうちに同級生の一人が、それなら、と言ってくれた。地獄に仏ってこのことか、深い事情も知らずにハヤトは素直に感謝した。

「ご飯が大好きで、どっさい食べるからたくさん上げて……」

「心配しやんな。米ならなんぼでもある」

「ぜったい、しっかい養ってくいやいよ。ときどき見に行っからな」

そうしてジョンはハヤト一人に見送られて新しい生活に旅立った。


三週間が夢のように過ぎた。

友から聞くジョンは利口で幸せそうだった。飼い主が代わるとこうも変わるかと驚いた。鎖につなぎ定期的に散歩をさせているという。真新しい首輪をして金ぴかの鎖につながれて散歩する姿……。ほほえましい気持ちが湧く一方、何かちぐはぐな気がしてならなかった。

十一月十八日はホゼ（奉齋と書く）。豊饒を祝うための神聖な安息日である。学校では祝典が講堂で行われ、昼からは休みになる。ハヤトは初めてジョンに会いに行くこととした。彼の家は五〇坪ほどの前庭にサザンカや椿、正面に母屋、左に牛小屋という単純な作り。なんだか会うのが恐ろしいようなはずかしいような気持ちであった。

ジョンは縄でつながれて軒下にまるくなっていた。そうっと近づいて、ジョン！ と声をかけた。その驚きようといったら！ ハヤトを認めるやいなや飛びついてベラベラとなめまわした。ハヤトも久々の友に会って懐かしさのあまりものも言えない。ジョンがまつわりついて離れなかった。

仏壇から線香が上がっている。実は、彼は、番犬というより本心は気がまぎれる相手がすぐにも欲しかったのだ。なぜならば、父に次いで母まで亡くし、姉と二人で寂しくてならなかったのだ。今も涙に濡れている。ハヤトはやっと事情が呑み込めた。

「甘酒でも上がいやったもし」

縁側に腰をおろし、姉さんが手に乗せてくれたタクワンをコリコリかんで熱い甘酒をすするのを、ジョンは不安げに見上げている。

二〇歳ほどの彼女のほおは紅に染まってツルツル光り、細い目がつぶれそうに笑っている。

「茂吉がいつもお世話になっせ。ありがとさん」

悲しみを越えてなぜほほ笑むことができるのだろうか。ハヤトは晩秋の甘酒をほろ苦い思いでいただいた。西日が明るい。軒先のつるし柿が日に照らされて青空と好対照をなしている。コスモスの花が二、三輪、風に揺れて秋の終わりを告げていた。

暮れゆく秋。集落を遠巻きにした森。せわしげに鳴くヒヨドリ。そろそろ猪を売り歩く大八車も町へやってくる。すると日一日が大晦日へまっしぐら。南国とはいえ冷たい霧島下ろしが吹く。木枯らしを、心の木枯らしを二人はどう耐えていくのだろうか。

「茂吉をよろしゅうね。ジョンが来てくれてずいぶん賑やかで忙しゅなったとよ」

ジョンは悲しみをしばし忘れさせるには役立っていたかもしれない。だが二人は癒されないまま、生活をどうしたらよいか途方に暮れていた。ジョンを引き取った動機には衝動的な面があったのだ。やがて彼はお寺に引き取られ修行に励むことになるのだが、幼いハヤトが彼らの本当の悲しみを理解できるはずがなかった。

「さッ、もう帰らにゃないもはん。お世話になりもした」

情がもつれると帰りにくくなる。意を決してハヤトは勢いよく立ち上がった。

「さいならジョン！　元気そうで安心した」

ジョンは他人のもの、別れは礼儀正しくやろう。

「さいなら、ジョン、たっしゃで！　大事にしてもらえよ！」

ジョンはまともな鎖はあてがわれていない。想像していた金ぴかの新入生ではなかった。ワラ縄を二重に首に巻きつけただけだ。クンクンとなき始めた。一歩一歩はなれていく。すると狂おしく跳びはねる。そのたびに縄がビンビンと引っ張られてワラくずが土埃りとともに黄色く舞った。

「あんまりなくな！　静かにせいよ」

門の先に出るとガリガリと縄をかみ切ろうとする。ハヤトだって悲しくないわけはない。泣くな、止めてくれ！　涙がこぼれるじゃないか、そう心で叫びながら小走りに駆けた。後から後からジョンの鳴き声が追いかけてきた。本当は一緒にいたいのだ。事情が許さないだけだ。許せよ、許せよ！　身が引きさかれる思いで走った。

帰り着くと夕刻。今にも降りだしそうな陰鬱な雲がかかり、ホゼの華やいだ雰囲気はどこにもなかった。コスモスが枯れ始めた花畑、その間の小道を通って母屋に近づく。かけよって来るジョンの姿はなかった。

何かの錯覚だろうか。ジョンの足音が聞こえ、かけて来る姿がふと浮かんだ。だが目をこらしても音もなくコスモスが晩秋の風に揺れているばかり。一瞬すべてが立ち止まって悲しそうにみえた。庭の主がいない！　そうだ。ジョンもまた庭の一部になりきっていたのだ。「ジョーン、ジョーン、ジョーン！」呼べば遠くから「ドドドッ、ドドドッ、ドドドッ」足音が近づいてくる、それが聞こえてはじめてハヤトの庭だったのだ。

と、意外なことに、モモが里帰りして廊下の桟にもたれて庭を眺めている。何気ない風情にハヤトの姿が飛び込んできたのだった。

「あらハヤトちゃん、お久し振りね。元気そう。ひとり？　ジョンはお友だちにあげたってね」

「…………」

ひとの気も知らないで思い出させることばかり尋ねる。

「ジョンも元気かしら？」

「いま会ってきた……」

ハヤトは声が詰まった。

「それで？　ジョンは元気だったの？　幸せそうだった？」

「ぐらしい《かわいそう》、縄でくくられっせ……」

ここでハヤトの耐えに耐えた感情が堰を切って流れ出した。なんとか忘れようとしている矢先に、箱の中に悲しみを閉じ込めてしまおうと努めているのに、彼女は無理やり箱をこじ開けた。悲しみが溢れた。ジョンが後を追うのは不幸な証拠だ、と言おうとするのに、声にならないままワーワーと大声で泣き出した。

日が暮れて夕ごはん。恥ずかしいことに、ハヤトの悲しみがモモから話してあって、ジョンのことが諮問された。ハヤトは、ジョンがかわいそうだ、と説明したがハヤトも哀れだった。もう一度チャンスを与えよう、ただし、これからは鎖でゆわえつけ、一切の世話、食事、散歩をハヤトが責任を持って行うこととする。それを皆の前で約束する。その上で、相手と話がつけば連れ戻してよい。それを守れないようならどうなろうといっさい文句を言わないこと、となった。これは男の約束で、ハヤトもはっきりと甘えが通用しないことを肝に銘じた。

かくてジョンは帰ってきた。とはいえジョンに対する気持ちは千々に乱れていた。その高ぶりは、ジョンを愛しているからなのか、それともかわいそうだからなのかはっきりしなかった。あんな泣き方をしたのは幼いころハチに刺されて以来のことだった。あの時は次々にあふれる涙に浮かんだ風景がゆがんでしまった。それほども鮮明に覚えているのだから大声で泣くというのは、彼にとって大事件だったのだ。さりとて友に引き取られるときの決意はどこにいったのか、残念ながらまことにだらしない。ハヤトも男だ。もう一度しんけんにとりくんですべてはその結果にゆだねよう。そう決心すると鎖でつないでもう一度始めから養うこととした。

晩秋の午後、二人して野山をかけめぐる。森の底は落ち葉がカラカラとなり、見上げる木々の先には青空があった。金色のイチョウも散り、紅葉も最後のはなやかさ。錦の舞いを演じながらハラハラと落ち、ひとひらふたひら、ふたりにふりかかる。世は美しく輝いていた。

しかし鎖を解かない養い方というのは散歩が一日でもとどこおるようだと厳しい。いったん自由の天地を知ったものにとって、鎖でつながれた生活は囚われの身と同じだ。その証拠に登校時には鎖を引きちぎらんばかりに暴れる。このやり方が長持ちするわけがなかった。ある日下校してみると、なんと！　鎖が地を這っていた。

「ジョーン　ジョーン　ジョーン！」

空しく声は遠くに響いてこだましている。跳んでくるはずのジョンが姿を見せない。

「ジョーン　ジョーン　ジョーン！」

背筋が寒くなった。命にかかわる事が起こりそうだった。友のうちにも走ってみた。ごちそうを用意した。しかしジョンは夜にも朝にも姿を現さなかった。通りかかった人に「キューンキューン」哀訴したのだろう。誰かが軽い気持ちで鎖をはずしてやったにちがいない。ジョンは囚われの身から自由になったのだ。それが命にかかわることなど知ろうはずもない。彼の命のために罠をかけてでも生け捕らなければならない。しかしどうやって？　名案は浮かばなかった。むなしく日々が流れた。あちこちからジョンをみかけたという情報が飛び込んできて生きていることは分かった。ジョンはすべての人とのかかわりを避けていた。自由は命に代えても大切なものだったのだ。彼は真に自由を愛する犬だった。

シラスに殉ず

シラス採り

もーいくつねるとー　おしょうおがつー……、

レコード屋の美賞堂からくりかえし流されるといよいよ大みそか。人通りがしげくなって、気のはやい軒下には門松が姿を現し、正月気分はいやおうなく高まってきた。高千穂通りは行商の場、生活の場へと様変わりする。

地下足袋にもんぺ姿で荷車を曳くのは猟師の妻。中には、キジ、猪肉などが転がって道の真ん中で商談がはじまる。

「奥さん、よかシシ肉ごわんど。昨日の狩りで獲れもした。元旦辺りが一番の食べごろです」「ま、よか肉！　メのいくら」「五〇円ごわひか」「ほんじゃ二百匁ちょうだい」といったぐあいで、棹秤での量り売りをする。ちなみに、メ、とはモンメのこと、百匁は三七五グラムだ。

別のリヤカーは農家の主婦。大根、青菜、人参、ごぼう……とれたての野菜がいっぱい。こうして年の瀬にはふる里の産物が次々に登場した。厚揚げに豆腐をザルに入れた小母さん。牛乳売り。荷馬車。散髪帰りの若旦那。ニワトリの羽根むしり。逃げだす丸裸のニワトリ。それを追う子ども。鴨居をトントンはたく頬かむりのお姐さん。障子の張りかえ。だれもが年越しのためにいそいそと動きまわっていた。子どもたちは秘密の山からウラジロを採って売り回る。

正月むけの特別の仕事の一つにシラス採りがあった。シラス、というのは火山性の堆積物だ。白くてサクサクしている。山から掘り出しては庭や道にまいて白く清め、正月を迎えるのが習わしだ。一家庭にリンゴ箱（当時は石炭箱）二つほど必要だから、町全体ではかなりの量のシラスが毎年山から取り出されることになる。ちなみに箱一つ分が一五円だ。

ハヤトらも、中学三年生のリーダーのもとに、リンゴ箱とシャベルを大八車に積み込んでガラガラと小山をなす北の城山に向かった。採取場の手前の空き地は荷馬車や大八車、リヤカーなどでごった返し、馬車引きなどの屈強な男たちが忙しげに作業をしていた。

目の前に白い崖が立ちはだかっている。それがシラス堆積層の端っこで、その崖を奥に掘って積み出すのだ。スコップでけずっては箱につめ込むのだが、さして力もいらず、サクッ、サクッとけずれる。ひんやりとした手触りがよい。

ハヤトらのグループは実力がないので、手前の空き地にへばりついた落ちこぼれをはぎ取るのが関の山だ。崖の底部に空洞が口を開けている。深い陰りがみえるほど奥まで掘られていた。

大の男たちは精力的に掘りまくっている。スコップで切りくずす者、箱につめる者、はこび出して荷車につみこむ者。分業なので作業は速い。洞は横に広がって素人のハヤトにさえ不安定かつ危険にみえた。気になって近づいてみた。なんとその中の一人は相撲仲間の先輩であった。ハヤトは声をかけた。「センパイ！」……彼はヨッといったきり、額の汗をぬぐおうともせず大人顔負けの作業を続けた。「センパイ危ねど、落ちそうじゃ！」しかしそれは心の中で叫んだだけだった。

なぜかその夜寝つきが悪かった。とろとろとまどろむといつの間にかハヤトはシラス崖の入り口に立っていた。あんぐりと空いたガマ口が突如として落ちた。白煙が立って、埋まった数人が顔だけ出してアップアップしている。「助けて！」その一人がハヤト自身であった。もがいても身動きができない。呼吸ができない。「ウッ、ウッ、ウッ」……そこで目が覚めた。寝汗でぬれている。恐ろしい夢だった。

翌日悲報を聞いた。崖が崩れて生き埋めがでた！　ハヤトらが帰ってすぐのことらしい。犠牲者は中学二年生の馬車引きの息子、頑健な若者で色白の美しい体をしていた。

シラス崖は馬蹄形に掘るのであればいくら深く掘っても崩れない。それで戦時中には多くの防空壕が作られた。けれども横長に掘ればいずれ崩れるにきまっていた。

カラスの舞い

ハヤトはいたたまれない気持ちで家をでた。何かと別れに縁のある年だ。ピノ、ジョン、悦子先生、やがて迎える小学生活との別れ。そしていまあの若者の尊い命が失われた。

あの時おいが大声で叫んでいたなら……。彼と視線はあったのだ、……叫んでいたなら彼はスコップを放り出して逃げたかもしれない。がそうはならなかった。何人ものベテランがいるなかで、子どもが叫んだところで誰が聞く耳を持とうか。空洞に群がる屈強な男たち、崩れ落ちる崖……、様々な想念にさいなまされた。悲しい時つらい時は必ず愛宕さんにゆく。

参道では餅つきをやっていた。男女がペッタンコをやり、子どもが丸める。それが一段落すると参道の大掃除をする。落ち葉でたき火をし、焼き芋をつくる。それやこれやで参道は子どもの社交場となるのが大みそかの常であった。

にぎわいの中に溶け込んでわいわいやるのが忘れるにはてっとりばやかった。が、そうはいかなかった。黄色い声も楽しげな様子もいつもと変わらなかった……。なのにいつもとちがっていた。それは銀幕の向こうの世界でしかなかった。楽しいはずの年の瀬、人が恋しいのに手を伸ばしても届かない。ハヤトはスクリーンの手前側にひとりぼっちでいた。

参道のイチョウの木に一人よじ登った。冬の日ざしがななめから射して、白い枝先に散り忘れた金色の葉が風に震えている。お寺の屋根や林がつづき、遠く霧島連山が淡く横たわっていた。冷たい風をまともにうけて長居はできなかった。滑り降りると靴がそろえてあった。だれやろう？　思いめぐらすと温かいものを覚えた。けれども心の空洞は埋まらなかった。

枯れ草のしげる道をとぼとぼと歩いた。ふと見上げると上空を何十というカラスが渦巻いている。赤い空に黒い粒に見えるほど高く遠く一点を中心にゆるやかに声もなく旋回している。カラスが円を描いて舞うときは人が逝くときよ、その真下に葬られるのよ、そう幼いころから聞いていた。すると今が、そしてあの下が埋葬の地！

ママカカさんからころされたぁ……、女中奉公に出された娘らが子守のときに歌う歌である。半音階を三つ使うだけの旋律にはいんうつなひびきがあって、こわいこわいと背中に顔を埋めるうちに眠ってしまう子守り歌。耳をふさいでハヤトはかけだした。

長い行列が少年の家から弔いの場所まで続く。ピーヒョロロロ、空を切る笛の音に続いて、子どもたちを先頭にした一人ひとりが竹の先に色とりどりの細長い紙をひらめかせ、死者とともに行く……。野辺の送りだ。ひつぎは二メートルほどの深さに掘られた四角い堀の手前に置かれ、囲んだ皆が手をあわせるなかゆっくりと降ろされ、花が投げいれられて、悲しみのうちに土がかけられてゆく……。

西日が弱くなった。ハヤトはイダテン走りに走った。マラソンのゴールのように子どもたちが遊ぶ中に飛び込んでいった。今度こそ温もりのあるその場に飛び込んで銀幕の一人を演じる立場になれそうだった。ハヤトは目で皆に挨拶をしながらゆっくり歩んだ。みんな友だち。なつかしい顔ばかり。

女の子数人が輪になって手まりをついている。その傍に少女一人、後ろ髪をタオルで束ね、

畑に降り積もった雪をはく

ゆらゆら揺するねんねんこ半纏《はんてん》の内に赤子の頭が見え隠れしている。たぶん靴をそろえてくれたのはあの子。加わりたいだろうに、ねんねんころりよ、おころりよ……。ひとりはなれてゆらゆらと。

手まりの幾何学模様の動きのなんとリズミカルなことだろう。右の足、左の手、クルクル回ってパッ！　後ろにバウンドさせてお尻を前につき出すと、手まりは股をくぐって後ろに抜ける。パッと開いたスカートのすそに包みこむ。手まりがはね、女の子が踊る。その二つがおりなす線にはシンプルな規則性があってワルツのように軽やかだ。男の子は絶対その遊びをしない。なぜならそれは女の子の遊びだから。

次から次に男の子が落ち葉をかかえてもってくる。鎮守の広っぱ、小道、側溝がきれいになった。たきびの火は内にこもってカッカと燃えている。火の番のおばさんが顔をしかめて煙の下にもぐり、コロコロとイモを取り出す。みんなみんな集まって、分けあってフーフー言いながら食らいつく。

「ハヤトちゃん、あんたもほい!」

志保は彼にも半分を割って与えた。にっこりと笑いかえした辺りから心が温まってきた。

ホッペタが熱くほてる。背中は冷たい。くるくる回りながら火に当たる。だれかが一人のお尻をはじきとばす。それを合図に押しくらまんじゅうがはじまる。男子も女子もみんな加わった。だれかが押されておならをひる。笑いがはじける。うちじゃなかよぉ、赤くなって叫ぶ女の子。押しあいへしあい、はみ出ては端にまわりまたお尻で押す。何もかも忘れてはしゃぎまわる。だれもが不幸を知っている。嘆いてもしかたがない。それよりこの幸せを忘れないで……。

陽が弱る。北風が吹き、火の粉が散って参道を転げる。こちらも終わりだ。火消しの水をかけると白い煙が上がった。見上げる先、藍色の空には三日月……鎮守の森はすでに暗闇のなかにあって、みなの心は除夜の鐘、そして明けて迎える元旦へと向かっていた。

つむじ風

栄光の女王

一年ほどさかのぼった辺りから話がはじまる。メスの赤犬……。長い赤銅色のつややかな毛でおおわれ、長い耳に愛くるしい黒い瞳。ひとりものの彼女があるときからハヤトたちの縄張りに姿を現し、やがてはげしいつむじ風をまき起こした……。

通りには黒々とした軒が隙間もなく並んでいる。けれども一歩裏に回れば大きな区画に仕切られ、御殿のような大きな屋敷、野菜畑、果樹園、竹林などが広がっている。その一角にハヤトたちの広大な屋敷がある。表は花畑、裏は野菜畑、それらを柿とかヒイラギ、ヒノキなどが取り囲む。花畑の外周には小道があって、花好きなハヤトの父が作ったバラのアーチの深紅の花が人びとを楽しませた。それらは子どものエネルギーを吸収してくれる最も身近な場所であり、野の生き物たちの住み家でもあった。

ところがそういった屋敷の区画にはいっこうに頓着しない生き物がいた。メスの赤犬！　飼い主はいない。成犬になってから近くに住み着いた。ふさふさした赤銅色の毛並みにはツヤがあり、長い耳が前にたれ、つぶらで真っ黒な目は愛くるしい。今風にいえばアイリッシュセターを小柄にしたような体である。

界隈を知りつくしたはずのハヤトや犬にくわしい次郎でさえ彼女の住み家がどこにあるか知らなかった。思いがけずバッタリあうと、チラッと振り返り、向きを変えてトコトコと去ってしまう。どんなに甘く呼んでも近づかない。吠えることも歯向かうこともせず、人との摩擦をさけて自分の生活を守り続けている。あるときはごみ捨て場の残飯を食べているところを見つけられ、いとも簡単にあきらめてトコトコと去った。逃げるにしてもしっぽを垂らすていどで、股の内側に巻いて逃げるわけではなかった。人に遭えば立ち去る、その忍耐を尽くすことこそ生き伸びる道と心得たような犬である。


ジョンが彼女とたわむれながら駆けていた。それはたあいないたわむれ方であった。森外れの水溜まりは赤い椿の花を映し、落花した一、二輪を浮かせている。その水辺の冬の弱い日だまりを、二頭は互いの尻やしっぽに軽く歯を立てるような仕草をくりかえしながら前になり後になりトコトコとかけてゆく。

かわいそうに！　卑屈に生きねばならないだろう、陰から陰を歩まねばならないなんて！そう見られていた赤犬なのに、本当は人が知らない世界でこんなにも生き生きと愉快に生きていますよ、とでも言いたげであった。あるときは緑豊かな森陰に、あるときは水辺にその姿をみせた。森の精のように前触れもなく現れては消えうせる。忘れられたころにひょっこり現れて、あぁ、まだいるのだな、と思い出させるていどであった。ここ辺りまでがハヤトの小学五年生の終わりごろの情景である。

それから一年、ハヤトは小学六年生。ジョンは行方不明になっている。秋がくると再び動きがめだってきた。寒くなると食べ物に恵まれないのかひんぱんに出没するようになった。子どもたちは見つけると「赤犬じゃぁ！　赤犬じゃぁ！」とはやしたてて石を投げた。赤犬はおもむろにキビスを返すとかけだすことなく小まめに足を動かし、泳ぐ水鳥のように胴体から上は揺らすことなく安全地帯に逃れてしまう。ふりむいて一瞥するときの表情には、悪いこともしないのに逃げねばならない恨みがみてとれた。「なにをしたっていうの、なぜ石なんか投げられねばならないの？」そう言いたげなまなざしには悲しみが浮かんでいた。

「早う殺さんととんでもないことになる」

そうぞうしく言うのは自称犬博士の種豚屋の主人とその息子の三太だ。だが、捕まえることに子どもらは協力しなかった。彼らの投げつける石は弱かった。彼女は本当に「毒」かもしれない。しかし悲しげな表情にさえも愛くるしさを感じていた。追い追われる立場の違いはあっても感情の交わりがあった。投石に会うときの哀訴の表情。下からすくい上げるようなまなざしを向け、恨みごと一つを言い残して去るうしろ姿。そこにはたしかに彼女からの働きかけがあった。それゆえに投石に憎しみをこめた敵意はないこと、その気持ちさえ彼女に読まれていたかもしれない。

甘いと言われればそれまでだが、子どもらには赤犬の孤独や女身ひとつで生きていくことへの憐憫の情があったのかもしれない。どことなく柔らかで優しい身のこなし、ジョンとの出会いと楽しげなたわむれに、自分もそうしたい思いが重なっていたかもしれない。

ある日の午後、赤犬が二、三頭の犬を従えていた。見知らぬ犬ばかり。二、三日同じ状態が続いた後、

「あれ……！　ジョンじゃ！」

彼も隊列に加わった。赤犬め、いよいよサカリがついたな、と少年らにも分かった。あれほど警戒してハヤトにも近寄らなかったジョンが姿を現した。やはりジョンはオス。赤犬を通してジョンを捕まえることもできるのではないか。

群れにポチが加わった。

数が次第に増えていく。雑多な六、七頭の犬はほとんどが首輪をしているが、このときばかりは野性化した危険な生き物だ。オス犬は日を追ってさらに増えた。赤犬はオスの囲いの真ん中にいて手も届かない。

メス犬の発情には不思議な魔力がある。フェロモンか何かはしらないがオスの心を夜昼なくおそうのだ。しかも行動範囲はとても広く、行く先々で魔力をふりまく。ひとたび魅せられたオスは馳せ参じないわけにはいかない。一般的にもメス犬の発情は四里四方のオスを呼ぶとい

われるほどだ。こうして集まった犬が、食欲、睡眠、生命さえわすれ、ただひたすらオスの役割を果たすために機会をうかがう。やがて三〇頭を越え、赤犬がどこにいるのか分からないほどになった。

すべてが赤犬にかしずいている。そのくせ誰も簡単には赤犬に触れることはできない。止まればオスが円陣を作ってとりかこみ、最も強い犬が近くに、弱い犬は外周部に甘んじる。赤犬が歩くとオス犬はゾロゾロと末広がりの帯になって従った。赤犬が見えざる采配をふるう。掟が生まれ、支配されたオス同志は互いに友だちにさえみえる。が、赤犬に触れたりだれかが独占欲をあらわしたりする時にケンカが起こる。いやいやをした瞬間、別の犬がかみつく。その日々がハヤトのオンボロ屋敷界隈《かいわい》で繰り広げられているのだ。

夜、縁の下で数頭がかたまりとなって爆発する。もんどりうって板張りにぶち当たる。ドーンと床がひびき、何頭かの悲鳴と吠え声が同時に聞こえる。その真上の畳にハヤトは眠っている。いや眠れなかったのだ。畑や小道を巨大な群れが走りぬける。寒風の吹きすさぶなか、ぽかぽかと春を思わせるなか、昼夜をわかたず狂った大群はかけつづけた。

世をあざ笑って君臨している赤犬。彼女が、人をかみ殺せよ、と命じたならば成功したかもしれない。見てごらん、この私を！　そう豪語して人間社会を見返しているようだった。少年らは自分が小さくみえ、小さな赤犬が巨大にみえた。おとなでさえも嵐の大群を驚きをもってながめた。畑を走りぬけるときは小鳥の一群も舞い上がって道を譲った。小鳥を罠で捕る冬場の楽しみも踏みにじった。

やがて嵐が去った。儀式はひそやかに行われた。一頭去り二頭去り、やがて大群は千々に乱れて再び脈絡のない個々の姿に戻ると、夢から醒めたように家路に着いた。祭りが終わった。磁力が失せた砂鉄はもはやバラバラになるしかなかった。

疲れ果てたジョンを鎖につないだ。ジョンは食いに食った。これでジョンの秩序が戻った、と考える一方で、これで良かったかどうか心は乱れた。血の塊でふさがった傷痕が痛々しかった。オスとしての名誉ある地位を得たことがあるかといえば大いに疑問といわねばならない。

すでに述べたが、種豚屋の主人は猪犬の売買や種付けの中継ぎをやっている。彼がハヤトの父に話を持ちかけた。ジョンを山代《やましろ》の猪撃ちにくれないか、すばしこさを猪狩りに生かしたい、こんな所でくすぶってもったいない、という。山代は九州山地の一隅、猪撃ちが住む山奥。いずれジョンが追い上げた猪肉を持参するから、という話までできあがっている。食事の後でそれとなく父親が話題にしたものだ。ハヤトは抵抗するかと思いきや即座に「分かった」と言った。猪を追うなど想像もできないが、一方で、もしかすると飼い主の鍛えようによっては？とも思った。

ハヤトが知る猪撃ちは猪屋の野間どんと熊エ門の二人だけだ。いずれも大きな毛皮をまとってハヤトのうちに出入りした。大柄な男たちは親しみいっぱいニコニコ笑い、焼酎をたしなんだ。猪肉の燻製やタクワンを酒の肴にチビリちびりやる熊じいは頼りがいのある人に見えた。

幼いころハヤトは熊じいに手品を教わったことがある。あぐらの中にすっぽりと入ったハヤトの前で、細い紙を二つに折り、重ねた両端を右手の指でつまんで立てた。そのとんがりに左手で鼻の脂をなすりつけた。紙からはなしたまま、左手でグイッと手前側に引くと、あら不思議！　目に見えない鼻脂の糸にひかれて紙が手前に傾くのだった。種明かしはすぐにやってきた。紙を挟んだ両指をずらすと紙は前、後ろに曲がってしまう、そんな簡単なしかけだった。

「ナ？　おもしれかろう？」熊じいは言ったものだ。

（ジョンはきっとそんな人にもらわれるんじゃ……）

いい解決策に思われた。ハヤトが学校から帰るといなかった。忘れることはなかったが、気持ちの空洞をジョンによって埋める必要はなかった。猪を追い上げた話はついに聞かなかった。三太がいうには、山代の山男たちの胃袋に消えたのだろうと。聞いて胸をかきむしられることもなかった。

悲しきは母

暖かさが増して春となる。季節が変わって大地は色めく。子どもたちは野や山に散っていく。吹き荒れた嵐も去って、赤犬もいつの間にか忘れられていた。子どもらは季節ごとの遊びにいそがしい。樹木が年輪を重ねるように、年齢にふさわしい遊びが毎年加わって、それを満たすべく行動範囲も広がった。冒険の中身も新発見も年ごとに進化しなければならない。それは遊びによって満たされるものだ。いくら遊んでも追いつかないほどで、不思議なこと、美しいもの、驚きを求める「少年冒険隊」と呼んでもおかしくなかった。

週末は、敵味方の二グループに分かれて、逃げる組を他方が追いかける「逃げうやい」(「うやい」とは追いかけるという意味)をやった。ルールは、隠れ終わるまでの数分間追わない、逃げる範囲はどこそこ以内、追手にタッチされたらとりこになって相手陣営で味方の助けを待つ、そのていどのものであって、木に登っても飯食いに帰っても水に潜っても、猿のように竹木を伝って逃げても自由だ。だから、どのような場所に潜むのが見つからないか、見つかっても逃げ延びやすいか、そんなことが学びになるのだ。たとえばハヤトであれば、竹林の端にあるヤブツバキに登って花蜜を吸って楽しむ。やがて追手に見つかる。でも大丈夫。隣の竹に乗り移り、竹から竹へと逃げ回る。それが彼の得意技だ。

その日、ハヤトは次郎とともに「貴の御殿」にとびこんだ。愛宕さんから北に数十メートル離れたところにある大屋敷だ。草木が豊かで、クチナシやグミ、夏ミカン、ナンテン、キンモクセイ、椿にサザンカ……。池には錦鯉が泳ぎ、クマザサや松や苔が生えている。何をするにしてもその屋敷が一番面白かった。ただ、御殿の主人に見つかったらただではすまない。

二人は床の下に隠れることにした。人の気配はなかった。縁側から四つん這いになって潜り込んだ。床が折れ曲がりながら延々と連なっている。曲がるたびに、ここが奥座敷、などと当てながらゆく。時折キュッキュッと廊下を歩く気配がする。シッ! 声を殺して去るのを待った。腹ばいながら進む行く手をカビくさく乾いたにおいとクモの巣がさえぎった。光はずっと先にある格子戸から届くだけだ。

と、突然、

「クーキャンキャン！　クーックーッ……」

「ドッキーン！」

奥の院に生き物！　それが何かはすぐ分かった。大黒柱の根元の灰のように乾いてほくほくした土。そのくぼみに二匹の子犬がうずくまっていたのだ。暗い中でも赤茶けてみえる。もしかすると赤犬の子？　とすると間違いなく大事件だ。

彼女が選んだ最後の砦がその場所だった。人が近よるはずがない絶対安全な場所。まさに、赤犬の聖地に少年らは踏み込んだのだ。二人は縁の下を這い出てイダテン走りに陣地にかけた。

「タイム！　タイム！」

ワイワイガヤガヤ、とにかく捕まえようということになった。

臭いに敏感な犬のことだ。母親が気づくと子をくわえて引っ越すかもしれない。急を要する。二人が再びもぐりこんだ。母親は遠くにいるのか子はそのままだった。

嵐の結果がこれだ！　丸々太ったオスとメスの二匹。母親ゆずりのあずき色の毛、黒い鼻、黒い爪、小さく折れた耳。だが父親がどれかは推測できなかった。地面に放すとよたよたガニマタで歩いた。土をかいだり辺りを見まわしたりしている。何もかも初体験、鼻に当たる草にも驚いて後ずさりする。

嵐のような大群、夜々の眠りを妨げた吠え声、オス犬らが寝食を忘れて彷徨した日々、その頂上に君臨した女王……。やがて潮が引くように孤独になった彼女は新しい命の息吹を覚えて春めく季節に産む日が訪れることを知った。そのうえで、世間なみの犬でない自覚がこうも深く人の魔手が及びにくい御殿の奥の院を産褥の場として選ばせた。もしも少年冒険隊なかりせば発見されることはありえなかった……。見事な知恵というべきであった。

かつての女王は今やわが子のために乳の出を気にして食い漁らねばならない哀れで不自由な生き物になっていた。その子らが寒さに身をさらしている。とはいえ迷った。聖地に帰すわけにも養育するわけにもいかない。赤犬を捕獲したところで、ではどうする？　結論は先送りにしてともかくも赤犬をおびき出そう、ということになった。

子犬を抱いて町はずれの山つきにある豚舎に向かった。柵に囲まれた中に安っぽい平屋が建ち猫の額ほどの広場がある。中で仕事をしていた三太が顔を出した。

「なんじゃぁ、犬ん子かぁ！　どげんした？」

「赤犬の子じゃ！　貴の御殿に巣をくうちょった《つくっていた》！」

今回の事件で赤犬がいかに害をもたらすか誰しも身にしみている。三太の父が生かしておくことを了解するはずがなかった。親を捕えて一家そろってお陀仏よ、と三太はいう。殺されてよいか、覚悟はあるのか……、ハヤトらの迷いはそこにあった。が、ともかくやってみよう、柵の外から見える所に子犬を置き、綱でくってキャンキャン泣かせてみよう。

冷たい風が広場に舞い降り産毛を逆なでて出ていった。子がプルプル震えながら冷たい地面に立っている。

「ここよ、ここにいるよ、お母さん！」

赤犬は食べ物を探しまわっているはずだ。食べること、乳を与えること、それだけが日課だ。冬から春先にかけてはほとんど食べ物にありつけない。残飯ならばいくらでもありそうだが、それは普通、豚の餌として回収される。飢えと疲れで歩くのもつらいはずだった。赤銅色の長い毛はなまめかしかったが、その実、やつれはてていたのだ。

うってかわって豚舎の中は暖かい。うすぐらい裸電灯がともり、餌づくりの火で中はけむっている。隙間からさし込む夕日が紫色のうすい幕をつくっている。長い柄つきの刃でカライモ（サツマイモ）をコッコツときざむ。それを、近所の家々から集めた残飯と、カライモでんぷん工場から引き取ったどろどろの白いカスを加えてドラムかんで煮る。燃料は製材所からのオガクズ。どちらもただ。だから養豚はほぼ無料の廃棄物利用産業だ。

大きなヒシャクでかきまぜる。芳しい匂いが漂いはじめると種豚君らは巨体を揺すり、グスグスブーブー催促する。そうして夕食を作る作業は種豚君らと心が通じ合うほのぼのとしたものだった。

先ほどから少年らは夕日がさし込む扉の隙間に片目を当てて外の様子をうかがっている。春浅い日のゆうべ、大気が黄みをおび、広場は北風が吹いて枯れ草が揺れていた。

と、柵の外側を何かがよぎった。やがて入り口をうろうろする犬の姿となった。まちがいなく赤犬！　かつて大群に君臨した女王アカであった！　互いは扉の内と外、数メートルの距離にいる。表情からは何も読み取れない。迷いがあるのだろうか、しばらく立ち止っていた。やがて柵をくぐった。風のようにふわりと広場に入ってきた。それはかつてひとりものの時、森陰や水辺をかけるときにみせた動作と同じだった。

アカは立ったまま子に寄りそった。子が乳房を求めて立ちあがった。でも届かない。腹這わなければ授乳することはできない。それでもアカは立ったまま辺りをうかがっている。親子ともども温もりのある暗がりの住み家に帰りたいにちがいない。

子が乳房を求めて立ちあがろうとする。けれどもアカが払いのけ、子は転がってしまう。どうしていいか気は動転しているはずであった。なすべきことは繋がれた綱を引きちぎり、子らとともに逃げ出すことしかない。アカはそれに気づいた。子を結わった綱を嚙み切ろうとした。よわよわしかったし、そもそも綱は歯が立つ代物ではなかった。

豚舎の扉が静かに開かれ、三太が、続いて他の二人が忍び足で広場に出た。じわじわと遠巻きにしてアカを包囲した。アカは見た。その気になれば子を置いて逃げることもできた。が、その意志はみられなかった。ただ、綱をかみ切らねば！　嚙んでひっぱる、その空しい努力を続けるだけだった。

三太が棍棒と麻縄をもってアカに近づいた。アカは綱から口を放し、三太とハヤトをかわるがわるみた。恨めしそうに体をのけぞらした。三太の手が静かに伸びて首筋にふれた。互いの呼吸さえ聞き取れそうな距離。なのにアカは動こうともしない。縄が首に投げられ一重二重に巻かれた。アカは無抵抗だった。

「やった！」

押し殺した声。だがその声には屈託した想いがこもっている。なんの抵抗もしなかったことに少年らは逆の気持ちが涌いた。「なぜ跳びかかってこぬ、どうして抵抗せん、逃げようとせん？」ハヤトは心の中でそう叫んでいた。

逃げない限り助からない。が、なんだか分かる気もした。結果ではない。救うことではなく救おうと行動すること、それだけしかなかったのだ。だから子さえ見せれば姿を現す、その推測は正しかった。

かわるがわる子犬をなでてみた。プルプル震えている。アカはなされるままだった。張りのない乳房は黒っぽくカサカサにかわいていた。逃げられないことを観念してむしろ安堵したのかアカは横になった。子が乳房にむさぼりついた。夕暮れが近い。一層冷たくなったつむじ風がウエーブした髪をなぜていく。

捕りものが一段落して緊張がとけ、賑やかな豚の食事に移った。そろそろ三太の父親が見回りにやって来るころだ。その時何かが起こる……。

ところが意外なことに、ポチが柵の向こうにひょっこり現れた。ハヤトに照れ臭そうなまなざしを返し、体をくねって広場に入ってきた。ふさふさしたしっぽをふって寝そべるアカ親子に鼻を当てた。久しぶりに帰った父親が妻子の様子を伺っている風情だ。アカは小さく唸っている。ポチは鼻づらを嗅ぎあうと、何を勘違いしたのかアカをセックスの対象としてしまった。成就するわけがなかったが、ポチはあくまでオスであって父親ではありえなかった。

それにしても……、と少年らは思った。父親がいないとは！　あの大群の中のただ一頭でさえ夫として父親として寄りそって赤犬を支える者はいなかった。冷たい仕打ちではないか。好き勝手なことをしておいて。それが犬の世界の掟なのだろうか？　と。

ポチは勇んだままだ。そうだ！　そのことを求めて疾風のように駆け巡る大群を思い起こしたとき、忘れかけていた憎らしさがよみがえった。もてあそんでやれ！　少年らもけしかけた。

ガサガサッ、柵が開いた。坊主頭にねじり鉢巻き、作業着の三太の父親が現れた。普段はカシワ屋のお店のほうでタマらと一緒に住まっていて日に何回か豚舎にやってくる。

「なにをやっちょる！　こんバカもん！」

その一喝で現場は一瞬にして凍りついた。恥じ入りながらもことの次第を説明するうちに晴れやかな表情になった。ほめてはくれたものの、問題は彼が赤犬をどうしようとするかであった。長老には従う、それが当時の不文律であって、少年らは主人の判断が何よりも優先するものと訳もなく思い込んでいる。思案顔の彼の返答をはらはらして待った。やがて、餌を与えて暖をとらせよ、との指示を与えて豚舎を後にした。

それはとても心温まるもので、少年らの気持ちと一致した。最初の危機はこうして脱した。わずかな餌をむさぼり食う姿に少年らも救われた気になった。

豚君たちの住み家はブームになりはじめた養豚センターだ。永住者は種豚君。メス豚は種付けのために、事が成就するまで数日間の仮り住まいをさせられる。鉄夫のうちも種付けとお産でお世話になったし、誰しも親しみを抱いて餌づくりに協力する。裸電灯一つでうす暗い豚舎は一頭ごとに木の柵で仕切られ、手前側には黒豚と白豚、いずれも体重七〇貫目（二六二キロ余り）という大物種豚君が隣り合わせでゴロッと横になっている。黒がバークシャー種、白がヨークシャー種。いずれも耳が立っている。その向こう側にメス豚が三頭、四頭と所在なげに機が熟すのを待っている。

翌日は日曜日、ハヤトと次郎が豚舎に顔を出すと、豚も犬も今し方朝食を終えて三太が種豚を散歩につれだすところだった。散歩は一頭三〇分。巨大な体をあやつるのは体重が十分の一ほどしかない小学四年生の三太。長靴に紺の法被。背中には白ぬきのおしゃれな豚のマーク。しかも頭にねじりハチマキ。出入り口を開けるといそいそと飛び出していく。先発は黒のバークシャー、次がヨークシャーの白豚君。もちろん別々に散歩させる。細い竹ムチで、舵をとるように豚の胴体を左、右、パチパチたたきながらうしろを歩いていく。それをオロオロしながらハヤトと次郎が追いかける。

大きな図体と小さな三人が一列になって道端をゆく。人の往来の邪魔にならないように！　種豚様のお通りだぁ！　そんなおうへいな気持ちはさらさらない。しかし人びとはあまりの大きさにびっくりして遠回りに歩き、あるいは道の端っこに寄って行き過ぎるのを待つ。大物をあやつっている！　そこに驚嘆のまなざしを感じるのは悪い気持ちではない。けれども散歩相手としてはどうか、となると、かつてのポチに軍配をあげたかった。

豚舎の中に移されて赤犬親子は安らいだ。何よりも飢えと寒さをしのげた。こんな平和が一日たりともあっただろうか。近づくとかすかな唸り声を立てた。それは元気を取り戻しつつある証拠だった。子犬も心なしか太ってきた。

三太は言う。

「これ、どうも人に馴れすぎちょる」

体が弱っていたにしてもこれほど一切を他人に委ねられるものだろうか。

そうよ、かつて飼われていたのよ、そしてある日すてられた。だから人の心の少しは理解できるの、恨みつらみはあるけれど……そう言っているようであった。生来の野犬ではなかったのかと思うと、なにがなんでも殺される、という悲壮感がやわらいだ。種豚屋の主人はみんなが満足するいい考えを示してくれるにちがいない、そう信じたかった。

親子はほの暗い隅っこでよく眠った。部屋の中は静かで暖かかった。これ以上してやることは何もなかった。日に日に子犬の足腰はしっかりしてきた。赤犬も尻尾をふるまでになった。

しかし主人の本心はどうなのか、唯一気がかりなのはそのことだった。主人は功利的な考えのもとに世話をしているにちがいない。永住者は種豚君だけで、それ以外は入れ替わり立ち替わり、やってきては去っていく生き物ばかりだ。売りさばくことが商売だしアカも例外ではありえなかった。本当に殺される心配はなくなったのか、食用として人の手に渡るのか番犬として渡るのか、そこが分かれ目だ。とはいえ、少なくとも乳ばなれするまでは仲むつまじく生活できるだろう。アカは愛撫を求める仕草をするようになった。

峠越えの風

春休みになった。明ければハヤトも中学生。別れを惜しんで友だち数人連れだって遠出した。自転車で盆地の北の端、五本松に向かうのだ。それから北は山また山の連なる九州山地。陰陽石をとおりこすといよいよ人家もまばら。峠への坂道をひたすら登っていった。自転車を乗りすて、しばらく木立のなかの道を黙々と登りつめたところで、パーッと視界が開けた。そこが峠ごえの五本松であった。

「着いたぁ!」

吹きあげる風が汗ばんだ顔に涼しかった。町が海原のように青く沈み、その南には霧島連山が淡く低く横たわっていた。

かつて山奥の村に育った子どもが初めてその峠に立った時、眼下の青い広がりを見て、「ワーッ！　日本な広ぇひれぇ！」と叫んだという。「日本だって！」聞いた時みんな大笑いした。今にして思えば、井の中の蛙が井の中の蛙を笑ったことになる。その笑いに出会ったのも小学校三年生の時、この峠に植林に訪れたからであった。

まるまる坊主のはげ山は　いつでもみんなの笑いもの
これこれ杉の子起きなさい　お日さま　ニコニコ声かけた　声かけた
（「お山の杉の子」佐々木すぐる作曲、吉田テフ子作詞、サトウ　ハチロー補詞）

戦争は森林資源を食いつぶした。終戦後ははげ山の緑化、植林が合言葉になり、「お山の杉の子」という唱歌も生まれた。その歌を歌いながら、はげ山に朝日が昇るさまを思い浮かべ、草ぼうぼうで石ころだらけの斜面にヒノキの苗を植えていった。ススキの葉で切った赤い傷はひりひりした。楽しみはそれらと背くらべをすることだった。だから時々会いに来ていたのだ。盆地より吹き上げて峠をこえていく風が耳元でボーボーと鳴った。その時風に乗って眼下の樹海から小鳥の声が聞こえてきた。
「チーッ、チーッ」「ツー、ツー」
メジロだ。峠越えのメジロの声。あれよあれよと見る間に光きらめく大空をいくつかの小鳥が頭上を越えていった。目で追う。すると道を隔てた山側のヒノキの林にパラパラと舞い降り

山仕事に向う

た。十数羽……。思い思いに戯れる姿ははつらつとしていた。鳴き声も力強かった。

メジロは冬の間は人里で生活し、里の桜の開花とほとんど同時に生まれ故郷の深山に帰って営巣の多忙な生活を始める。奥山への行軍はあっという間だ。そうして人里ではメジロをみかけなくなるのだ。一羽が去ると残りもつづいた。その間、ほんの一分足らずのことだった。

季節はめぐり時代もうつる。峠ごえの風、それに乗って奥山にかえった小鳥たち。吹き上げる風を吸い、明日を望んだ子どもたち……。戦後のどさくさに始まった小学校時代。六年間がすぎ、次のステップにさしかかろうとしていた。

様々な別れがある。別れがあれば新しい出会いもあるはずなのに別ればかりが気になってしまう。そうだ！　あいつらどうしているかな。ふと気がせいた。里には今やハヤトたちを心待ちにするほど親しくなったもう一種の生き物がいたからだ。

花吹雪

三月も終わるころ親子は元気をとりもどした。訪れると軽く尻尾をふる。鎖を引いて散歩に誘うとおっとりと立ち上がって歩きだす。その後ろを子犬たちが楽しげについてくる。楽しそうであればあるほどつかの間の喜びに思えてしかたがない。満開の桜が白い綿をちりばめたように野山を彩った。鳥の歌声、木々の目覚め、虫たちのうごめき、すべてが躍動し始めていた。

ハヤト、次郎、鉄夫の三人は数日ぶりに豚舎に向かった。ひっそりとして人影がない。扉は音もなく開いた。奥には親子が寝そべって、気づいた子犬が飛びついてくるはずだ。が、気配がない。三太もいない。たぶん種豚の散歩だろう。アカらを一緒に連れ出すはずはなかった。胸さわぎを覚えた。

(やられたか?!)

心臓が高鳴る。何が起こったのか……待ちかまえるハヤトたちの前に種豚を率いて三太が帰ってきた。気のない返事がかえってきた。

「あぁ、赤犬ねぇ。もらい手があって……。堤の熊ェ門どんのうちじゃ。鉄砲撃ちの……」

親子ともども元気につれていかれたという。あの猪撃ちの熊じい！　ハヤトはむしろほっとした。ニコニコ顔を思い浮かべると願いは聞いてもらえると思えた。だが、そもそも殺生が生業であるから甘い考えは禁物だった。それだけに早く会ってお願いしなければならない。

赤犬は犬の中で最も味がよく、殺した後一晩土に埋めてにおいを消してからがうまいといわれる。

(そうか。種豚屋は猪犬仲間に売りつける算段だったのか！　だから肥えるまで養っていた。そのことを隠すということは食用を念頭においていたからにちがいない)

いくつかの命がはかなく消え去ろうとしていた。ハヤトと次郎は連れ立って自転車を飛ばした。彼のうちはスズムシの住む台地を貫く街道を一里ほど行った所にある。かつては美しい松並木であったといわれる道、両脇が畑になった一本道を必死で飛ばした。街道から別れ、小道をたどって熊ェ門の屋敷についた。杉木立にかこまれた中に母屋と納屋が隣合わせにあった。忍びよってみた。人の気配はない。突如けたたましく犬がほえたてた。茶畑にふせて身を隠した。だがなき止まない。庭の端から端に張られた針金に大きなシシ犬二頭が鎖で結わえられて走りまわっている。それがウォンウォン吠えさわぐのだからたまらない。

アカはどこにも見あたらなかった。

（まちがいではないか。本当に熊じいなのか）

屋敷の外から裏手に回ってやっと静かになった。木立の陰からのぞきこむと、いた！　いた！　アカは檻の中にとじこめられて重々しい鎖が首から垂れていた。奥に子イヌがいるかもしれないが暗くて見えなかった。

「おい、こら、アカ、おい！」

かすれ声で呼んでみた。アカは立って二人を見た。しっぽを垂らしてうらめしそうに見ているだけだった。覚えているのかいないのか、親しかったはずなのにその情の片鱗も伺えなかった。ジョンならば騒いだことだろう。が、赤犬はちがった。表情はうつろなままであった。

太陽は山の端にかたむき、金色の光が空に反射していた。風が出てほこりが舞いあがり、陽光と混ざって大気が黄色っぽくなった。ときおり風がうなって去った。

「子はどげんした！　ちょっとのいてみんか！」

二人は呼びかけた。哀願されるならば、助け出すために一考をめぐらしたかもしれないが何もなかった。子犬は眠っているのかもしれない。子犬を確かめたいくせに、触れてみたいくせに、一歩も近づけなかった。

おしまいだ！　親子が別の世界の生き物となったことを悟った。悲しくなった。そうすると赤犬までが悲しそうにみえた。二人は親子がどうなるのかを知りたくて、よしなに取りあつかってもらえるよう、願うつもりで跳んできた。なのに様子を見ただけでもうよいと思った。熊じいに、赤犬をよろしく、と頼む気もなくその場を去ることにした。心ない二頭の犬がほえて二人を追いたてた……。赤犬親子の運命は、熊ェ門か、あるいは彼の友の山男たちの一存にかかっていた。

明るい空なのに暗い想いは空に大きく描かれた。

（カナズチをふりあげふりおろす。熊ェ門であったり見知らぬ男だったりした。生き物は倒れる。血を抜かれて堀に投げ込まれ、土に埋められる。音ひとつしない静けさの中でことは運ばれていく……）

アカの黒くつぶらな瞳がやよいの空に浮かんだり消えたりした。

夕暮れが迫っている。風がでた。埃を舞いあげ、かすむ空をいっそう黄色くした。桜も今や散り時。遠くの家並みや街道沿いを、散る花が流れている。その風が足元を通りすぎて吹き溜まりの花びらを舞いあげた。風に向かって自転車をこぐ。黒い瞳が大空に浮かぶ。悲しい瞳を打ち消すように必死でこいだ。向かい風が強い。風が目にしみて涙が出た。

「おお！　風が強ぇ、つえぇ！　これで花もおしまいじゃなぁ！」

二人は顔を見あわせて笑った。とめどもなく涙はあふれでた。

風とともに去っていく。ジョンも赤犬も小学校生活も過ぎていく。それは明日に向かう風だ。明日はちがう風が吹くだろう。よし、それが悲しみを乗せた風であろうと喜びにあふれたものであろうと乗り切って進むだけだ。

風、それが吹いてこそ万物は息吹く。

少年の風景

ウサギ事始め

お産

昭和二八（一九五三）年春、年呂は小林中学三年生、ハヤトは花の一年生。早速、年呂と一緒に慈敬園に通い始めた。冬を生き永らえたどのウサギも元気はつらつとしていた。ウサギを飼うのが中学生の間で流行っていた。ハヤトも入学早々から養うことになった。同級生が二束三文で譲ってくれた真っ白の日本在来種のメスである。一年前に生まれた生娘だという。いつの間にかおとなになったが養いが面倒になって、誰かにやってしまおう、という話にハヤトは飛びついた。

先例に従いニワトリ小屋の中に住まわせることにした。これは飛び切り上等！　と値踏みしたのは年呂。どんどん子を産ませてお金を稼げばよいといった。あれ以来年呂はウサギ飼いをやめてメジロに力を入れている。それでもウサギの指南役だ。

晩春こそ大地は最も美しくウサギも飼いやすい季節。餌となる草は柔らかく豊かだった。菜の花畑に入り日薄れるころ、ハヤ釣りのついでに摘んで帰ればよかった。まことに気楽な飼い方ができるのが春である。

彼女は豊満な体をしていた。さっそく鉄夫の種ウサギに娶《めあ》わせた。種ウサギといってもただのオス。雑種なので血統的には何の価値もないし野ネズミ色で魅力もない。一緒にするとなんの抵抗もなく交尾した。成熟した体はいくらでもオスを迎え入れた。ガタガタガタッ、クーッ、バタン。わずか数秒ですむ。熟し柿が落ちるように極めて自然に成就した。犬や豚に比べるとあまりに短い。

「なんでやトシちゃん」

「んん？　そりゃぁ、野原で長々としちゃ、狼に食われてしまうじゃろ」

さてはらむかどうか、年呂の一件もある。絶対産むとはいえないので念には念を入れて一昼夜同居させた。

ウサギ小屋はニワトリ小屋のなか、中二階に置いている。山と積まれた草を朝夕二回わしづかみにして与える。毒草もかまわない。怪しいものは食べないからだ。大根葉など一種類を上品に与えるよりも雑多な野生の状態を再現してやるのが一番よい。

草刈りにも要領がある。まずしゃがむ。草の根っこにカマの刃が当たるようにかまえる。手首だけをふってカマを円弧上に動かす。その時、三日月状のカマの刃は草を斜めに切る。手をそえて草をため、竹篭にギッシリつめこむ。一面芝生のようにさっぱりなる。こうして刈ることで荒れ放題にならず野や山の手入れになっていたのだ。

草に頭を突っ込みポリポリと食べる様は見飽きなかった。満ち足りた姿は観る者をもうっとりさせる。純白の毛、赤い目、緑の草の山、という三色の取り合わせもよい。赤い目はときにけだるそうに、ときに遠くを夢見るように潤んでいた。ハヤトにとっても神秘の国からの贈物に変わりはなかった。

交尾して三週間が過ぎた。そのころから横になることが増えて疲れがちにみえた。さては産気づいたかと期待が高まった。やがて面白いことに気づいた。寝そべった腹部に小さな凹凸ができて波を打つ。その動きには規則性がない。一部がピョコンと突き出たりくぼみができたりする。毛が立ったり寝たりしながら腹の表面を動く。腸のぜん動運動かもしれないが、赤ちゃんが動いていると思う方が楽しかった。

メスウサギの住まいはすでに紹介した。すなわち二つ部屋で、一方は食堂兼居間。馬蹄形の入り口の先が産褥の場で、上から蓋を開けられるけれども普段は暗くしている。

妊娠二五日目、新しいワラをあてがう。四週目、ワラをしわける音が聞こえ始めた。小さい口をアゴいっぱいにあけ、何十本ものワラを束にしてすくい上げる。巣箱の片隅に運んでつみ上げ、押さえつけてまた運ぶ。それは男顔負けの大仕事で、遠くからでもばさばさと聞こえるほどだ。それを噛み切ったり張りつけたりして直径一二、三センチほどの、噴火口のような丸い巣を作り上げる。ふっくら盛り上がって真ん中がくぼんだ構造は嬰児の寝床として理にかなっている。作業が終わるとつかの間の休憩。母親になる準備はこうして終わった。

あとは住まい全体にムシロをかけて暗くして、新しい命の誕生を迎えるばかりである。

どんな子が何匹産まれるのであろうか。親となる彼女はいまだ見ぬ子に愛情を覚えているのだろうか。それともお産のことさえ知らずに本能の指示に従って動いているだけなのだろうか。

ハヤト、年呂、鉄夫三人は、共有財産をあかず眺めて胸をときめかせたのだった。

「生まれたら絶対見てはならんど!」

「かみ殺すからな!」

巣箱に忍び寄ってはムシロをあけ、すきまから片目をおしあてて中の様子を見た。ワラのくぼみがうっすらと白い毛でおおわれてクモの巣がかかったようだ。胸の毛を引きぬいておおっているのだ。いよいよ明日はお産かと胸はおどった。

明けた朝は静かだった。外見はなんら変わらない。隙間から覗くと一条の光がさし込んで綿雲のような毛を照らしていた。時たまピクンと揺れる。なにかがその下にうごめいているのだ。

喉が乾いて声が出ない。

「おぉぃ！　生んまれた！　生まれたどぉ」

ハヤトは興奮して走り出した。

そのうち、生まれたのは二匹であることが分かった。喜びあった三人だったが、興奮が収まるにつれ少ないことを残念に思いはじめた。

「種付けが足らんかったかな」

コウノトリが赤ん坊を運んでくるんだよ、という話に疑問を感じ始めたころは、マッチの頭ほどの赤ちゃんの赤ちゃんが男から女の体に入ってゆくのだと思っていた。中学生にもなると、目に見える種粒ではないことが分かっている。しかし、なぜこっちは二匹でおいさん所では八匹も産まれるのか、それはなぞのままだ。後々の経験で分かるのだが、どちらかといえば初産で、しかも親が栄養に恵まれすぎると子の数は少ない傾向にあるようだ。

三人は相談して次の種付けはお産から一〇日目くらいにしようと話しあった。というのも、慈敬園のおいさんはお産から一週もたてば妊娠させるからだ。生まれて三〇日目には子は売られていく。親は子と別れて一週目には巣作りを始め、胸毛を引き抜いて次の子に備える。毛が生えそろう暇もない。母ウサギは胸から脇腹までピンクの肌がむきだしだ。そんなに次々に産ませなければ買いに来る子どもの要請に応えられなかったのだ。

さて、子の数はやはり二匹。両親の色を仲良く分けあって黒と白一匹ずつだ。産んでから少なくとも一週間、ふつう二週間はのぞきこんだり触れたりしてはいけない。興奮や不安を感じて食い殺すからである。ところがハヤトはそれを破った。まず生まれた日に二匹の嬰児がうごめいているのをのぞき見した。一度見るとまた見たくなる。三日目に親が餌を食べている時、寝床の上フタを開け、光を当ててじっくりと見た。気配に驚いた親は何事やと巣箱に入って来たが、フタをすぐ閉じたのでストンストンと鈍い動きで出ていった。普段と変わりなく餌をあさっているので胸をなでおろした。見た限り、親の態度にはなんの変化もなかった。その時に黒と白の二匹であることを確認したのである。家ウサギの子は、生まれたとき毛は生えておらず目も閉じていることはすでに述べた。

黒、といっても父と同じ野ウサギ色になるという意味であって、団子のあんこが透けてみえるように、黒灰色の毛が薄い皮膚の底に見えているということだ。白になる方はピンク色。一週間たつと、白い毛が生えはじめる。頭と手足がやたら大きい。耳は後ろに張り付き、重々しくふくらんだ上下のまぶたがくっついている。

開けてちょっとだけ見る分なら大丈夫なのだな！　安易に考えてしまうと一日に一度や二度は見たくなる。そうすると眺めるだけでは満足できなくなってくる。

親は夜風を覚えるたびに胸毛を引き抜いて子にかける。重さのないふっくらとした毛の底に乳臭く眠る子ウサギ。動くたびに毛がチリチリと揺れる。ついに犯すべからざることに手を下す。そっと毛の布団をかきわけて二本の指で子をすくってみた。生温かかった。重さのない体はぐんなりと指からはみ出して折れ曲がり、イモムシみたいにぐねぐねと身をよじった。

可愛らしさは全くなかった。おなかの中にいる未完成な生き物に思えた。美しいチョウの幼虫のなかには触れるのも気持ちが悪いものがいる。たとえば、カラタチに育つアゲハの幼虫は触れられた瞬間、角を伸ばして酸っぱさの混じった強いにおいを出す。その臭さはとても耐えられるものではない。それがある日突然美しいチョウに変身する。

同じように、このイモムシのような不思議な生き物も、ある日かわいらしい子ウサギとなって暗い巣箱から人前に姿を現すはずだった。目が開き、柔らかな草を食べるまでを指折りかぞえた。一日一日が楽しみであった。


午前中、雨。午後から五月の青空がよみがえり若葉に水滴が光った。巣箱に近づくとき心がときめいた。産毛がうっすらと生え始めているころだ。

ハヤトはムシロを外し巣箱の戸を開いて上から覗きこんだ。子はあふれんばかりの乳を飲んで眠っていることだろう。あるいは降り注ぐ光を感じて夢から醒めたようにモゴモゴと動くかもしれない。が、動きはなかった。

「おらん！」

キューンと体がこおりつく思い！　二匹ともいない！　子がいるはずの所がくぼんでいた。

ドッキーン！　トキトキトキッ……、早鐘のように心臓が鳴りだした。やがて悲しみと後悔がおそってその場に立ちつくした。度重なる不安が子をかみ殺したのだ！

親が寝そべると下腹のむき出しの肌にピンクの乳首が見える。杉の実のような小さな突起は早くも充満している。親は必死で育児をしていたのに、バカなことをした！　申しわけないと思う一方で、諦め切れずに二度三度、隅々まで見た。血痕も残っていないところから、引き裂いたのではなく一口で呑み込んだのであろう。巣作りにワラをくわえるように子をくわえ、そのまま呑み込んだのであろう。親は何食わぬ顔をして餌を食べている。

ひとたび子殺しの経験をすると同じことをくりかえし、母親としての役割を生涯になえなくなるという。乳があふれる豊満な体をどうしよう。いったいどうしてやればいいのだろう。

外は伸び盛りの柿の若葉がつややかに光っている。とても静かな昼下がりだ。

新しいメスウサギ

その後なんの変哲もなくすごしている。見た目にはかわらないが、懸命な子育てをしているのに飼い主にうらぎられ、日夜の不安と動揺の結果、愛するわが子を呑み込んでしまったのだ。ハヤトは、あまりにおとなげないことをした、申しわけないと詫び、そしてくやんだ。忠告もいやというほど受けていたのでそのことを年呂や鉄夫には言いそびれた。

いつもどおりワイワイガヤガヤ二人はやってきた。

「一度目はそげなものよ。やっぱりなぁ。あれほど言うちょったのに失敗したかぁ」

声高に年呂が笑い飛ばすのでハヤトも悶々とした罪の意識が薄れて照れ笑いをしてしまった。しかし再び産ませることはできないのだ。そう考えると再び眉間にしわがよった。打ちひしがれたウサギをどうしたものかと思案していると、さすがはその道の先輩だ。

彼は黄色い前歯をつきだして笑いながら言った。慈敬園のおいさんをだまくらかそうやと。かくて三人打ちそろっておいさんを訪ね、何か正しくない言い方でおいさんに相談した。

おいさんはウサギの首筋を引っ張りあげておなかを見た。乳首の回りは一円玉ほど毛がなくて薄いピンク色の肌をしている。サラリとさすっただけでふくらんだ乳房が手に触るので授乳中だったことが分かる。おいさんはなにくわぬ顔をして空を眺めた。

すべてが見通しなのだ。だませるわけがない。あとはお金をいくら出すかの話し合いであった。結局ただ同然で引き取ってもらい、真新しいメスウサギを高いお金を出して買い取った。そのお金は、メス六匹の子を産んで育てて売れれば回収できる三百円だった。

子を食い殺したメスはその惨事をくりかえすというが、本当のところハヤトたちのだれも確認していない。おいさんはそのウサギを売るよい方法を知っているかもしれなかった。金儲けがうまいのである。先回りして話すと、ハヤトからのウサギは半月もすると慈敬園から姿を消してしまって、おいさんの口から再び話題にのぼることはなかった。

帰り道、ハヤトは、メス六匹メス六匹、早く授かりますように！　祈る気持ちで野道を下って行った。それで子殺しの悪夢から解放された。今度こそ六匹産ませて三百円を回収したいと思った。幸いなことに育てば買い手は必ずいる。巣箱に慣れたころ種付けを思い立った。お産は梅雨明け前になる。子育てには問題の季節だがそうもいっておられない。

鉄夫の種ウサギをハヤトのうちに連れてきて広い庭に放った。あまりの明るさと広さに驚いて、二匹は互いの存在にさえ気づかない。半ば目を閉じて土の匂いをかいだり風向きに鼻を上げたりするうちにおずおず、ストン、ストンと歩きはじめた。そうして二匹は出会い、オスは求婚したのであった。

しかしなぜかメスはかたくなに拒んだ。そこで年呂らが仲介して種付けを行わせたのだ。もっともそれは紐を使って尻尾を上げて無理やりさせるものであったから、手伝う方もくたくたになったし、その後オスはまったく関心を示さなかった。しらじらしい空気がけだるさの中に漂った。

彼女は豊満な体をしている。オスへの抵抗ぶりは不思議なほどだった。おいさんにだまされて石のようなメスを買わされたのではないかと腹がたった。が、ともかくそれで妊娠したであろうことに満足せざるを得なかった。むし暑い六月初めの昼下がりのことだった。

ところがメスウサギが妊娠してから、というよりも、無理やり交尾をさせてわずか一週間のち、けなげにも巣作りを始めたのだ。大あわてで真新しいワラをあてがった。いったいどうしたというのか？　予定より三週間以上も早い。これも仮想妊娠（という言葉は知らなかったが……）で親がまちがったのでは、と心配した。ともかくもせっせとワラをくわえて巣箱に持っていく。慈敬園のおいさんは腹に子を持っているなど一言もいわなかったし不思議なことだった。

ウサギの首筋をつかんでぶら下げてみた。おなかが左右にふくれている。

「ほほう。入っちょい！　いっぱい入っちょい！」

ピンクのおっぱいをつまむと、白濁した乳がチッ、と飛んで、明らかにお産の前兆を示している。おいさんが妊娠していないと思い込んでいたにちがいない。初産でもないはずなのに交尾にあれほど抵抗を示したというのは身ごもっていたせいかとやっと謎が解けた。

そうすると今度は新たな頭痛の種が生まれた。無理な交尾をさせた野ネズミ色のオスの子どものことである。計算すると今度の出産から三週間たったころ父親ちがいの子が産まれることになる。日が晴れないうちに次の子が！　ハヤトは頭をかかえてしまった。ともあれ大先生である年呂に報告して、どうすればいいか、指示を仰ぐこととした。

「そりゃ　たいへんなこっちゃ！」

言下に答えた。日も晴れないうちに次の子が産まれるぞ、と心配したとおりのことをいう。あのときかたくなだったのは次々産むのがいやだったからだ！　いやなのを無理して交尾させたのだから残念ながら産まれてくるだろう。正直に、無理せず交尾などさせねばよかったのに……、ということになった。ハヤトもその言葉を信じてしまった。年上の物知り博士年呂が言うことには絶対の信頼がある。

どげんすればよかろ、おろおろと心配するハヤトに、他のウサギに預ければいい、生みの親、育ての親というではないか、という。道は何かとあるものだ。自分の子と信じて育てるもんだ、と聞いてひとまず安心した。いずれにしても母親の体内ではつくねんと成長を遂げつつある胎児のすぐ隣の、たしか子宮とかいう袋の中で野ネズミ色の種ウサギの子が追っかけるように、その成長の領域を得、最初のお産の三週間後には誕生してくるだろう。もちろん子どもの誕生は嬉しいことだが、その三週間後が恐ろしかった。後悔することしきりであった。

はたして二日後の朝はおなかがぺちゃんこになっている。

「生んまれたか!」

なかば嘆息に似た声が出た。今回限りとムシロの隙間からかいま見ると、ほの暗い巣箱の隅にうずたかい巣があって雲海のように毛でおおわれている。それが嬰児の動きにあわせてピリ、ピリ、と動いている。

歯でかんで思い切りよくグイッと首をふりあげて引きぬく様は荒々しく、母親という生き物の強さを見る思いだ。胸毛が不足すれば脇腹の毛に及ぶ。よくできたもので、お産前後の体毛は触れただけで容易に抜ける。

やがて起こることへの不安も忘れて育児環境をこれほど暖かく作り上げたことに感心した。それまでに出会った色々な赤ん坊の巣に思いをはせてみた。犬、猫、豚、小鳥、はては人間の

田をすく。少年は立派な働き手であった

赤ん坊まで……。どれひとつとして親が子を大切にしない場合はなかった。ただ、嬰児を育む空間をこれほど絶妙に、柔らかく暖かそうに作り上げる生き物はほかになかった。屋根裏のスズメの巣はシュロの筋や馬のしっぽの毛、ワラくずなどを雑然とつめこんだだけだ。そのうえヒナのフンで臭くてならない。牛も馬もその場に生み落とす。犬や猫は隙間さえあればよい。それらに比べてウサギの巣は優雅でさえある。

乳を与えるときの様子を見ることはできない。その赤裸々な姿を見せてくれないためにいっそういとおしさが増すのだった。

梅雨の入りが遅れているのか降る気配はなかった。頭痛の種はお産から二週間すぎるころからをどうするかであった。

一週間目、初めて子の姿を見た。八匹もいた。もごもごと動くたびに体にシワができた。生え初めの毛は短くビロードのような光沢を帯びている。やっと目が開いた。親のそれよりやや濁った感じの赤紫に近い。やがて巣の縁に仲良く顔を並べて辺りを見るようになった。お産当初の完ぺきな巣は押し合ううちに拡張されて綿雲のような毛も散らばっていく。

生後三週間、ピョコピョコと巣からはい出しては柔らかな草をモジモジと食《は》むことだろう。乳房にぶら下がって乳を飲む芸当もするはずだった。さぞ可愛いことだろう。しかし残念なことにそのころ次の子が生まれてくる。次のお産までには後一週間しか残っていない。

ハヤトも考えてみた。わが子が乳離れもしていないときに次の子が生まれたらどうするだろうか？　次に生まれる嬰児を大切にして、先に生まれた子を疎んじるのではないだろうか？　先に生まれた子は厄介物になるのではないだろうか。

なんたる悲劇！　なんというむごたらしさ！　けれども、そのためにこそ育ての親がいてくれるのだ、と年呂はいう。早く同じくらいの日齢の子を育てている母親を探し、あずかってもらうよう手配せよ、と。

ハヤトは決心し処置を手配した。ハツカネズミほどの子、四匹を取り出すと、カゴに敷き詰めたクローバーの上にふんわり乗せて友のうちに運んで行った。

代理母

友は約束どおり待っていた。

小さな杉木立の木陰に飼われていた。掃除もゆきとどいておらず不潔であった。白のメスウサギなのだが屎尿で足が茶色くなっている。箱の隅にたくさんの子ウサギがいた。生後三週間近くになるというが肥立ちが悪い。

「すげえなぁ！　何匹じゃ？」

「十匹も生んだ！　乳房も余りがないようじゃ」

よくも産んだものだ。子は早くも草を食むという。友はそれを誇らしげに語った。そのくせ巣箱の中には草一本もない。一枝も残さず食い尽くしているのだろう。子ウサギが二週間ちょっとで草を食むというのは乳が出ない証拠ではないか。さらに憶測すると、十匹も産んだということは粗食の結果ではないか、と、むしろハヤトには痛々しく映り、やっぱりなぁ、と思った。貧乏と子沢山は切り離せない縁があると確信したのだ。

そこに四匹の赤子を入れたらどうなることか、答えようもない問いだった。二人は顔を見合わせて自嘲気味に高笑いした。どうしようもなかった。乳も足りねば乳房もすでに足りないくらいだ。窮余の策として子ウサギは巣からはい出して草を食むのだから。

十匹の子連れは新たに受け入れるだろうか。まずは親に十分な餌を与え、落ち着いた気分にしなければならない。野の草を埋まるほど与えた。次に子ウサギをカゴから取り出し、育ての親になるウサギのオシッコ、つまり隅っこから垂れる紅茶色のそれを白い毛が茶色になるほど塗りつけた。そうして産みの親の匂いを消し、育ての親の匂いをつけてわが子と思い込ませようとした。親が餌を食べているすきに巣のくぼみにそっと置いた。こうして歩むこともままならないほど幼い四匹は十匹に加えられた。新参者の子ウサギにやせぎすの親が近づいた。オシッコで茶色くなったその匂いをかいだ。関心はいまひとつのようできびすを返してふたたび餌を食べた。

ハヤトはしばらくその場につったっていた。

元気で育つんだよ、我がままをいうんじゃないよ、不満はあっても辛抱するんだよ、仲よくするんだよ、きっと迎えに来るからね……ほんとうに元気で育つんだよ……。

そうして四匹の子ウサギはやせウサギに養われることとなった。巣離れするころ一匹は友のものになるとの約束だ。が、果たして事はうまく運ぶのだろうか。

後に残された四匹も別の友だちにお願いした。悲しいことではあったがなんとかバタバタと友だちにあずけ、次のお産の準備に入った。もぬけの殻の巣もそのままである……。ところが親ウサギは子を生む兆候を示さない。予定をはるかに過ぎて梅雨に突入した。この時期はできるだけお産はさけたいが、あれほどの犠牲を払っている。むしろ産んでくれなければ困る。産みの親、育ての親、八匹の子ウサギ、受け入れてくれた友だち、みんなに申し訳ない。

願いはかなえられなかった。いくら待っても仕方がないと諦めたころ友から全滅したとの知らせを受けた。二、三日後、別の友だちからも訃報がとどいた。

産みの親はふだんとちっとも変わらない。豊かすぎるほどの餌を顔が埋もれるようにして食べ、満足げに体を長くして休む。乳房の回りは美しいピンク色をして乳を含んでいるのが分かる。しかしそれも日を追ってしぼんでいく。親はちっとも悲しそうにみえない。人の目に悲しみは分からない。それが悲しいことなのである。

ハヤトは後悔した。眠りにつく枕もとで、巣箱の前で、餌を刈りに出た野原で、涙ぐんだが後の祭りだ。ハヤトにも、妊娠しているウサギが重ねて妊娠するということがあるのかしらん、そんな思いが一瞬よぎったことがあった。そのときただ一言父親に聞いてみれば、そげなこたぁなか！　と言下に教えてくれただろうに。

ふるさとの風景

まぼろしのオオムラサキ

いつまでも悶々としていてもしかたがない。失敗は成功の母。悲しいことであったがよい教訓となればよい。もっともその程度でウサギの修行を諦める少年たちではない。ただ、気分の転換は必要だ。いずれ主題のウサギの話に戻るが、しばらくはほかのことで遊び呆けよう。

ハヤトの母も言った。

「ジョンだ、ウサギだ、そんな女々しいことじゃなくって、大自然のふところで浩然の気を養ってきなさい！」

そうして日曜日なると大きなにぎりめしを作って、促すように背中を押して送り出した。ありがたいことに悲しみを癒してくれる場所はふる里にはいくらでもあったし、遊び術も身につけていた。実は、ただ美しい自然をみているだけでは自然を満喫しているとはいえない。雪を見るだけではなくスキーができると一層面白いように、相手を知り、交わる方法を知ることによって楽しさは倍増する。

さて、ふるさと小林を囲む大自然は豊かだ。多様性に富んでいる。北に九州山地、南に霧島連山あり。地形は起伏に富む。九州山地であれば照葉樹林の間を渓谷が流れ、春になるとV字谷のあちこちに、岩走る垂水の上のさわらびが萌えいずるし、高い梢からはメジロの高音《たかね》を聞くことができた。

霧島連山は、ふもとの照葉樹林から高くなるにつれ、赤松林、高山植物のミヤマキリシマなどへと移り変わり、多様な植生、火口湖、野鳥、獣《けだもの》を抱擁するその魅力は尽きなかった。

ふもとには、湧き水、小川も野原もあってそれらが多種の生き物をはぐくんでいる。一帯を南限地とする生物も多い。著名なものとして、チョウでは国蝶オオムラサキ。植物ではエヒメアヤメ。小林市の生駒高原がその地で、五月には十字星のような青紫の可憐な花を咲かせ、別名たれゆえ草ともいわれている。最近になってカモシカもそれに加わった。

初夏、緑したたる樹木に陽光が射し、渓谷の水は溢れるほど豊かだった。

その日、ハヤトは邦世とその愛弟子の馨についていく。三角函と弁当を腰に、白くたなびく捕虫網を手にして揚々と九州山地への道をたどるのだ。連れはウサギや犬仲間でなく、昆虫採集の仲間だ。図鑑を調べたりホルマリンを刺して腐敗を防いだり…、だから、こちらは少しアカデミックなグループだ。その日、ハヤトは捕虫網を持たず、もっぱら浩然の気を養うハイキングの積りだった。

奇岩、陰陽石に着いたのは十時ころ……。昆虫採集の事実上の出発地点で、お決まりのコースでもある。熊本県の白髪岳を源流とする浜の瀬川の渓谷を三宮峡という。数十万年という長年の水の流れが多くの奇岩を生んだ。中でも珍奇な岩が陰陽石である。野口雨情は詠んでいる。

浜の瀬川には 二つの奇石 人にいうなよ語るなよ

男女の陰部をかたどる岩は、アッと驚く巨大さでギネスブックものではある。下流から見上げるのがよい。恐竜の背のように盛り上がった岩にさらに男根がにょっきりと天を向き、真下に縦の割れ目が現れる。周辺には葦の一群がさりげなく生えている。対岸からの繁りに繋った椎の木がそれを覆うように枝を伸ばし、風一つない静けさのなかで蝉の音だけが奇しき岩にしみいっている。照りつける初夏の陽光。岸辺の砂に群がるアオスジアゲハ。

上流に進んでハッチョウトンボの棲息する湿地に至り、その先に貯木場。そこから出発するトロッコの線路沿いに渓谷を遡ることになる。それから先は、どのようなチョウ、トンボに出会ってもおかしくない。

三宮峡は蛇行しつつもおおむね北上する。そのどこかにオオムラサキの日本南限地があるのだ。もっとも、少年の視界が及ばない北の地、木浦木とか須木村にそのチョウが生息することは彼らも知っている。だが、自転車か徒歩でしか奥山に入れない少年たちにとっては、オオムラサキというのは一日採集圏では手も足も届かない遠さで、まさにまぼろしのチョウであった。ただ仄聞するところ、日本国内の本当の南限地はどこか、そこがまだはっきりと定められていないのだと。また日本の国蝶は何がふさわしいか、ミカドアゲハかオオムラサキか、中央でも議論が起こりつつあった。

オオムラサキの幼虫はエノキの葉を常食するが、ではエノキがあればいるかといえばそうはいかず、水流とか日中の日照りの具合、周辺の水気などにも影響されるという。そういった種々の要因から構成される環境からして存在し得る限界地はどこなのか……。

チョウ採集の田中洋先輩が、定説の地よりもかなり南の、三宮峡の吊り橋がかかる辺りでみかけた、という。それが捕獲できれば、まさしく日本の南限地を定める決定打となるにちがいない。

さて、邦世は小学一年生から昆虫採集を始めたのだが、当初は幼くて白い捕虫網に彼自身がすっぽり入るほどだった。お庭のモンシロチョウに始まり、レンゲ畑のモンキチョウ、雑木林のコミスジ、トラフシジミなどを経て、今や山地のアサギマダラ、岩陰のイシガケチョウ、ソバ畑のテングチョウなど珍しいチョウも彼の捕捉する範囲となって、小学高学年にもなると、まぼろしのチョウ、天然記念物級のチョウを年に二頭三頭と採集していく。三の宮峡ではミカドアゲハ、高千穂の峰近くでは、可憐で光り輝くキリシマミドリシジミ、ヒサマツミドリシジミなどがやがて彼の捕虫網に消えることになる。ところがオオムラサキがまだであった。何を、どこで、いつ、そしてそこはどのような環境にあったか、採集者はそれを克明に記録する。それが自然の法則を見出す情報となるのである。

はたしてオオムラサキの南限地は定説よりももっと南なのか。捕れた場所によっては南限の具体的な位置や緯度が決定される。その時は、日本の昆虫図鑑を書き換えるエポックメーキングなことになろう。その地を決めるのはだれで、いつのことになるのだろうか。

しかし、それはまだ邦世たちの関心事ではなかった。邦世にとって、寝ても醒めても頭から離れないのは、ただオオムラサキに出会いたい一心！　だれが南限を決めるか、それは結果論にすぎない。

日差しは強い。透明な光線にツーッと頬が痛くなる。トロッコの線路は渓谷の右側を遡っている。時折、材木を山と積んだトロッコが下ってくる。土手にぴったり身をよせるうちに、ゴーゴーと車輪を響かせ、ススキの若葉を波打たせて通りすぎていくのだった。

V字谷の底は木陰が多く、まだら模様の木漏れ日の道を白い網をなびかせていく……。川幅は広くなったりせまくなったりした。千畳岩というのは千畳もありそうな川幅いっぱいが岩の所である。その岩の狭くなった真ん中をゴーゴーと轟きながら流れている。青い水流なのに、滝壺に落下する時に限って真っ白く見えるのはなぜだろう。

岩が突き出た所は素掘りのトンネルになっている。トンネルの手前側では必ずレールに耳を押しあてる。ゴーーッと音がすればトロッコが近づきつつある証拠だからトンネルの手前で通り過ぎるのを待つわけだ。

いよいよ吊橋。濃い緑の茂みが谷間から尾根に向かい、上空には青い空、白い雲。日に照らされた若葉はトンボの翅のように軽やかに谷間に浮いている。高所から水がほとばしって岩にはじけ、シダをぬらす。

と……。邦世が走り出す！　網が飛ぶか人が走るか、みるみる小さくなっていく。緑の茂みに光る網。崖を下り川岸に向い、逆巻く川を渡る。

流れは青っぽい濁りをふくみ、ゴーゴーと岩をかんで下っていた。岩から岩をヒラリヒラリと跳び移りながら向こう岸に渡って何か叫んだ。

「オームラサキー！」

ハヤトにはそう聞こえたようでもあり、気のせいのようでもあった。

渓谷を滑空する時のタテハチョウ科特有の、意志的で直線的な勇壮な飛び方とはちがった。

ハイカーで賑わう三宮峡の千畳岩。昭和30年頃

そのときのオオムラサキはごくありふれたカラスアゲハなどと同じようになんの気どりもなく舞い降りてきたのだった。茂みの上をフラフラと通りかかった！　ひと振りした。だがチョウは身を翻して高く飛翔して消えていった……。ドッキンドッキン。心臓は帰宅してからも鳴りやまなかった。ちなみに、その付近、日本の南限地を決めるそれが、網の中に消えるのはそれから三年も待たねばならなかった。多くの図鑑に、小林市三宮峡とあるのがそれである。まことにチョウの世界は華麗極まりない。

幻想ボタルの舞い

ふるさとの美しい光景と言えば、蛍の光。スズムシの声と星空の競演もそうであった。後日、ハヤトからオオムラサキの捕り物の話を聞いた友は、チョウチョもいいけど……、と頭をかしげながら言った。

「ホタルの群れをみたこたなかじゃろ。うちげんすぐ近くにいっぱいおるから、よかったら……」

友に誘われて、彼がとっておきの秘密の場所に向かった。早めの夕飯をすませ、夕暮れ時になって自転車で夷守《ひなもり》山の方に上り坂をこいで行くのだ。人里はとっくに過ぎてほの暗い中、いつになったら目的地に着くのかわびしい気持ちもあった。やがて黄色く灯った懐中電灯をくるくる回しながら友は待っていた。

とろとろと下った所で、突如、開けた光景が目に飛び込んできた。広い池、というか、「ここが出《いで》の山じゃ」。友は小さな声で言った。奥まった山つきには絶えず渓谷から清水が流れ込んでシャラシャラと音がしていた。川底には芹《せり》、カワダカナが自生し、カワニナもマシジミもたくさんいるという。それらはホタルの自生にも絶好の環境であった。

夕まぐれのなか、はかない薄黄色の光の線が揺らめきながら現れては消えた。ゲンジボタルの出現だ。それくらいならおれだっていつもみてる……、内心そう思いながら、光を放つ時間を追いかけてみた。光り、消える、上り、下る、そこにはある種の規則性があるようであった。とっぷり日は暮れた。すると次第に光の線が増してきた。時間がたつにつれ、ますます増えてきた。ほーっ、すごい、すごい、聞きしにまさる光景じゃ、などとため息混じりに見ていると、さらに増えてきた。八時ごろに嵐がやってきた。光はあたかも巨大な屏風のように、しかも上る光、下る光、右に左に流れる。個体はすでに消滅して全体が一つの意志がある生き物、薄黄の光のオーロラのようであった……。

御池

高原《たかはる》駅のプラットフォームにパラパラと降り立つと、クチナシの白い花が歓迎してくれた。捕虫網をもったハヤトたち数人と、白や赤の帽子をかぶった小母さん数人の二グループだ。さくさくと玉砂利を踏み、それから線路をまたぎ、駅舎をくぐって広場にでた。ゴミ一つ落ちていない。中央には大ソテツが初夏の陽に光り、透明な空間にはトンボがいくつか銀色の羽をきらめかせている。空気がうまい。今日は楽しいことがいっぱいありそうだ。

汽車ポッポから先は御池行きの乗合馬車に乗り継ぐことにした。やせ馬に緑色の車体が繋がれている。馬車の作りは至って単純、箱型の車体の中にコの字型に腰掛けがある。窓枠はあってもガラスはない。

御者は飼い葉桶を片づけて御者台に座った。

「おいさん、乗せてもろうてんよかんそかい」

御者はくわえたばこのまま、乗れ、とあごで指図する。ドカドカと乗り込んだだけでうきうきする。実は、この日あまり歓迎されないガキちゃんも一緒だ。ともかくアッと驚くことをしでかす困った少年で、いつも鵜の目鷹の目で人を驚かすことを探している。下級生も、おれが家の（前の）道路は通さんぞ、などと脅されて遠回りさせられたものだ。

「あれ！　トンボが天に引っぱられちょる」

身を乗り出してガキちゃんがすっとんきょうな声を出した。窓外をみた小母さんたちは、何のこと？……そんな表情で顔を見合わせた。

猿も木から落ちるしリンゴも落ちる。空中に留まってなんかおれない。けれどもトンボといえば、宙に浮いたまま一点に留まり、次には上昇も下降も、後ろ向きにも前にも進む。変幻自在なトンボの飛翔能力！　なるほど不思議といえば不思議だ。

一〇人のお客を乗せて馬はカッポカッポと歩き出した。さわやかな初夏の風が吹き抜け、狭い道をゆくときには茂みの枝葉が窓の内に入ってパラパラと頬をなぜたりする。緑したたる木陰の道をカッポカッポ。車体の色は田園風景にお似合いだ。楽ちん楽ちん、ワイワイガヤガヤ……。こんなときはすぐに友だちになってしまう。

あんたたち、何しにいくの？　問われたガキちゃんは、神社のおぼんさんに会いに、などと信じられないことをいう。小母さんたちは怪訝な顔をして頭をひねった。

馬はあばら骨が浮き出た年寄りで、歩くたびに力も息づかいも伝わってくる。駆けることはなく、どんな時でも人の歩きかそれ以下でしかない。西部劇の荒野を疾走する馬車とはあまりにちがうので「御池ホロ馬車」と皮肉っぽく呼ばれている。子どもは降りたり乗ったり、チョウチョを追ったりしながらついていった。

見晴らしの良い所にでた。高千穂の峰が迫っている。

「わー、みごちぃ！」

「まっこちみごちぃもんじゃ」

どりゃどりゃ、皆が片側に寄ったものだからあやうく馬車が傾きそうになった。窓からみる山塊のスロープはあたかも頂上から裾野までひと筆で描き下ろした滑らかさだ。

「山が汗をかいたごちゃる」

ガキちゃんが澄まし声で言った。意外と当たっている。梅雨の晴れ間、ミヤマキリシマが頂上に向けて咲いていく。ピンクの花の群落は楚々《そそ》として薫り高い。その位置からは山肌がうるんだような若草色にみえる。ピンクの花色は遠く隔てていても目に映じるのか、玉虫の羽色のような微妙な色の移ろいが、汗がにじんで光ったようにみてとれるのだった。

「あんたたち。天《あま》の逆鉾《さかほこ》は知ってるでしょ」

「あぁ、それならしっちょる。高千穂のちょっぺんの剣《つるぎ》じゃ。登ったことがあるもん」

「じゃったら天孫降臨《てんそんこうりん》のお話は？」

今度は小母さんたちが攻める番だ。

正直な話、言葉は聞いたことがあったが中身はだれも知らなかった。あんねぇ……、長い講釈が始まろうとした矢先に馬車があえぎだした。子どもたちがバラバラ飛び降りて後ろから押し始めた。

あんたたち、聞きなさい。ほれ見てごらん。高千穂の峰は稲穂をパラパラ積み上げた姿に似てるでしょ。あれ、実りのシンボル。瑞穂の国のシンボルなんよ。じゃから高千穂の峰をあがめたてまつることにしたのです……。

へぇ、そげなことですか、みな目をパチクリさせた。あの人、学校の先生よ、隣の小母さんが小声で教えてくれた。どうりで……、聞き役のハヤトらは感心しているばかりだった。

そのてっぺんに天孫降臨を示す天の逆鉾が立っている。驚くほど美しいのだから、太古の人びとが、神々が降り立つ地としてあがめても不思議ではない。神話なんか知らない子どもでも

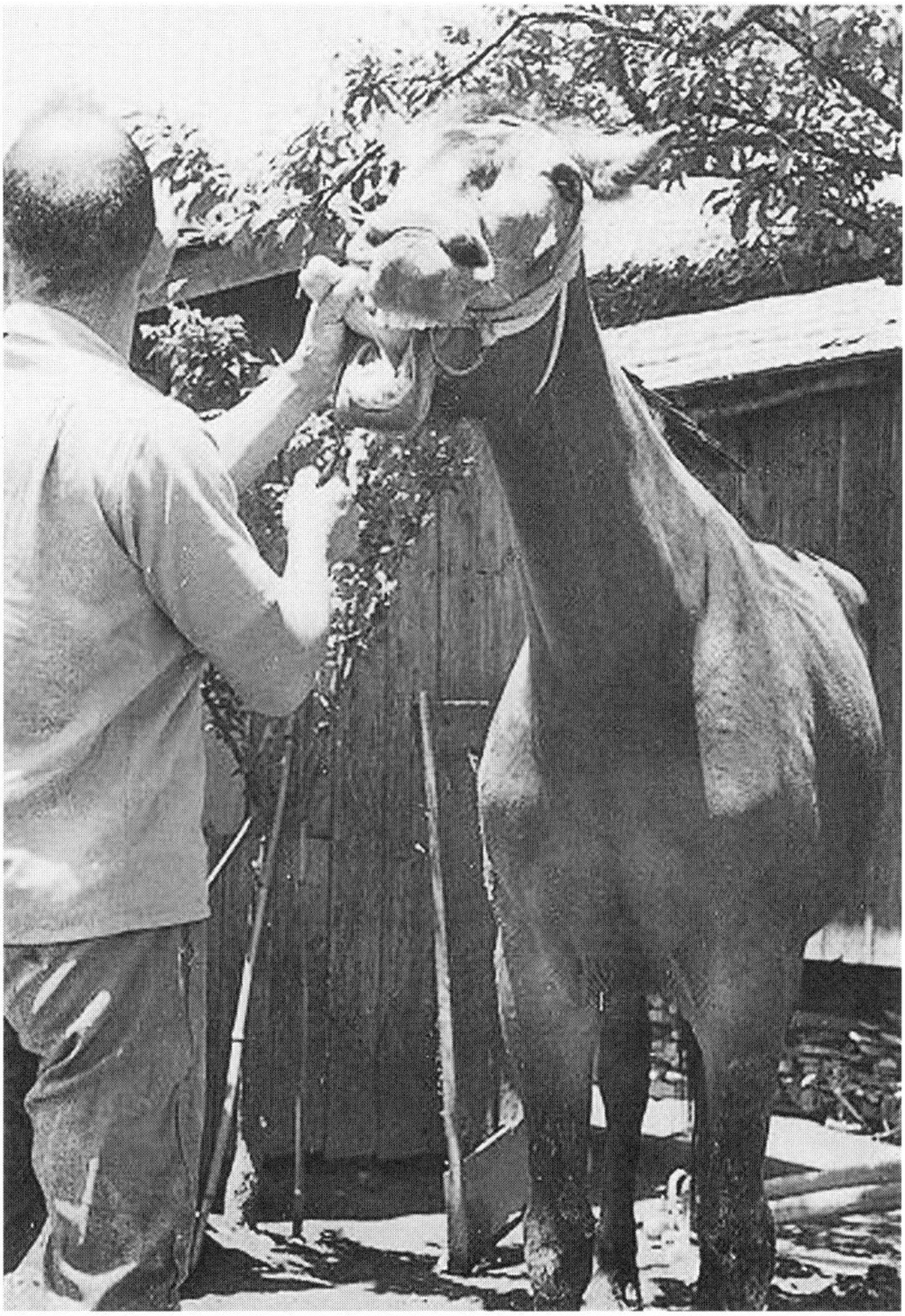

馬に塩をやる。馬は貴重な労働力であった。家族の一員ともいえた

分かるような気がした。

ゆるゆると登るうちに赤茶けた火山礫が多い道になってきた。

小一時間で「お坊さん」のいる狭野《さの》神社。子どもたちがバラバラとびおりた。小母さんグループとはそこで別れた。ガキちゃんはからかい相手がいなくなって残念そうだ。それはともかく、杉の巨木がすごい。

すごいと言えば、偶然昭和一五年発行の『神武天皇』（平凡社）という古書を見つけた。紀元二千六百年を記念して書かれたという。道草をするが、せっかくの機会だから垣間見ることにしよう。

朝鮮への出兵にさいして勇将の誉れ高い島津義弘公が狭野神社に武運を祈願した。帰国後感謝の杉を植えさせた。ときは慶長四年（一五九九年）……「爾来三百三十有余年の樹齢を重ねて、今なお二百七十余株を存し蒼然として神社の荘厳を加えてをる……」と巨木杉の由来を述べてある。

それから一五年、子どもたちは同じ道を歩いている。直径三、四メートルもありそうな赤茶けた樹肌の幹はてっぺんが見えないほど高くそびえている。一の鳥居から本神社まで一キロも続くから、七・四メートル間隔に植わっている計算になる。

さて、おぼんさんにはいつ会えるのか？　そもそもおぼんさんとは？

巨木の底はひんやりとしてアオキなどの低木が生い茂って昼なおくらい。チョウはクロコノマ、ジャコウアゲハなど日陰のチョウの類い。
突如、「おったぁ」、ガキちゃんが奇声をあげた。

「聞こえんか？　鳴き声が、ほら……」、すると、「ッポーソー……」、なにやら聞こえてきたようだ。

「な？　聞こえるじゃろ？　おぼんさんの声が。ブッポーソー……、ブッポッーソー……、かすかで孤独な鳴き声が……」

おぼんさんとは仏法僧《ぶっぽうそう》という鳥のことで、この樹林に棲息するという。小母さんたちも連れてくればよかった……。ガキちゃんは残念そうに言った。

境内に至ると狭野神社の由来が分かる。

「祭神は神武天皇でおはし、妃の吾平津姫命ほか前三代の六柱が配祀されてゐらるる……」

「神武天皇の御幼名を狭野《さの》の尊《みこと》と申し、御兄弟四柱の内一番末の御弟であらせらるる……」

「素《もと》社殿は王子原にあらせられたのを、敏達天皇の御宇になって今の地に移させられた。創建は孝昭天皇の御宇、紀元二百年代のことである。第五十代桓武天皇延暦七年（西暦七八八年）七月、高千穂の峰大いに火を発し、黒煙天を覆い砂石を降らし、峰下五六里に亙りて砂石堆積すること二尺に及び、社殿をはじめ民家ことごとく全滅に帰す……」

高千穂への登山道を少しいくと伝説の地「皇子が原」と「皇子が滝」が神さびた雰囲気をかもしだし、小高い丘にはエノキにタマムシが舞う。

「狭野の王子原は高千穂峰に連なる裾野の高原地帯に一丘陵をなし、西は雲際高く霧島山の巍峩《ぎが》たるを背に負い、東は狭野神社の杜を眼下の平原に俯瞰《ふかん》して、遠く日向灘の煙波渺茫《えんぱびょうぼう》たるを望見するという雄大さ、神々しさである。同時にまた当時大御代を統《しろ》しめされた至尊の宮居跡で、即ち高千穂宮の御遺跡と伝えられているが、高千穂宮と称へ奉るのは『古事記』彦火火出見尊《ひこほほでみのみこと》の章にも出ているから、これは皇孫の高千穂峰へ御降臨あった以来、御歴代各々宮を御営みあそばされた宮居を指して申し上げたものであろう」

御池……古巣に帰ったような懐かしさと喜びを覚える。水を満々と湛えた火口湖。夏はボートとかキャンプでにぎわい、人っ気が途絶えた冬にはカモが羽を休めた。誰しも母親の胸に抱かれるように甘えにいく。ガキちゃん、こんな神秘的な湖では物議を醸さず静かに雰囲気を楽しんで！　そう願いたいところだった。

湖面をさわやかな風が渡ってくる。二隻のボートに分乗した。邦世らのボートは遠く離れて捕虫網が白い羽のようにかすんでいく。向こう岸まで一・二キロ余。急いでも十二分。聞こえるものといえばカイを漕ぐ音、そのしずくだけ。

「ヒダリー、ヒダリー、ちょっとミギー」

霧島連山には火口湖が多い。御池は最大のもので、周囲四キロ、深さ一〇四メートル、火口湖では本邦最深と言われる。火口の内も外も深い森に覆われている。

かつての御池の風景

途中でガキちゃんがクソをまりたいと言い出した。本当か？　ボートを漕ぎながらハヤトは疑った。けれども苦しそうな表情の次にはパンツも何も脱ぎ捨てて跳び込んでしまい船尾にぶら下がった。湖のほぼ中央、深さ百メートルといえば水はただ青々と澄んでいるばかり。

「気張るからゆるゆると進んでくれよ」

カエルみたいに両足を「く」の字型に曲げた。黄土色の縄がニュルニュルと出て浮かび、櫂の渦に巻き込まれて消えていった。経験者にはお分かりのはずだが、足を動かして泳ぎながらウンチができたら人間技ではない。ちなみに馬など歩きながらポロポロやるからたいしたものだが、それでも走りながらできるとは思えない。ヒトはカエルの格好でじっと動かず気張るしかない。

ボートにはい上がったガキちゃん。青い顔はどこへやら、あれで魚が太るじゃろう、などと平気で言う。水の色はどこまでも透明、というよりは、藍を薄めた水が深く続いていた。

鬱蒼たる照葉樹林でも清水が流れ落ちる所だけは岩肌があらわになっている。対岸の一部がそうで、ボートはそこに着岸した。屏風のような岩壁がそそりたち、はるかな高みから落ちる清水に心なしか岩も濡れている。ひんやりした涼しさの心地よさ！　そうめん流し用に、半分に割ってつないだ青竹に清水が流れている。先客の女学生らが舌鼓を打つその下流で、ガキちゃんらはごくごく飲んだ。炎天下を漕いだ後のうまさは格別だ。

岩肌に舞うイシガケチョウには、白地に「石崖」模様があって化石のような雰囲気がある。

捕ろうか捕るまいか……思案している間に、アッと叫んだガキちゃんは邦世の捕虫網をもぎとって、「またしとうなった」、そう言い残して崖をよじ登っていった。だれ一人として神聖な源流に遡ったりはしない。なのに、何かしでかすんじゃないか、みんなはらはらした。

彼は叫んだ。「出そうじゃよ、ふってぇのが！」。ハヤトは顔を両手で覆ってしまった。みんな食べてる最中じゃ！　なんぼなんでも……。あどけない女学生は、なんでしょ？　楽しみ！　口にはそうめんを含んだまま上を見上げている。間もなく、

「おーぃ、でたでた！　バケモノトンボ！」

すると、間もなく平凡なオニヤンマがスイッと降りて湖面のかなたに去っていった。ガキちゃんはそのあとみえなくなった。ワッシワッシワッシ、木漏れ日の先でクマゼミが鳴いている。

突然、「イテーッ！」。そして静かになった。時折、「イテテ！　イテテ！」。うめき声が聞こえてくる。演出なのか怪我なのか、そもそも心配させるのが彼の趣味だ。すっ飛んでいったところで、「イヒヒヒ！」と笑っているかもしれなかった。

木陰からはものうげな鳥の声が、そして光る湖面には羽をきらめかせてトンボが飛んでいた。空しく時はすぎてボート代も消えていく……。

痛い。動けない。じっとりと脂汗がでている。犬走りに横たわって様子をみるしかない。ところが痛みとは裏腹に、狭いながら緑陰の世界は意外と美しい。そよともしない枝、葉。木漏

れ日の当たりぐあいで黄緑にかがやく葉っぱもあれば陰の深緑もある。姿はみえないのにクマゼミの鳴き声が空間を埋め尽くしている。「ワッシワッシワッシワッシ……」、無数の声が重なり合って頭の芯に響きっぱなしだ。「ワッシワッシワッシ……」。ここまで来たのはおれだけかもしれん……。岩走る水はシダにはねて苔にしみ込み、下流でしみだして斜面を流れ落ちている。ひんやりとして肌も冷えてきた。

と、「チー、チー!」すぐそばで小鳥の声がした。体をひねってみると、なんとメジロだ。あそこに二羽、向こうにも三、四……全部で五、六羽いるではないか。枝から枝へ、チョコン、チョコンと水場におりたつと、目の前で水浴びをはじめた。緑の苔の小さな水溜り、一羽が羽をうちふると撥ねたしぶきがキラキラと光った。緑のコートが濡れると小枝に上がる。すると次の小鳥が浴びるのだった。小枝に止まってブルブル、水を切り、嘴《くちばし》で羽根をすく。

これはすごいものをみた。ドッキンドッキン! やがて一羽飛びまた飛び上がって高みに消え、緑の妖精は再び姿を現さなかった……。

気がつくといつの間にか痛みは引いていた。

しばらくして降りて来たガキちゃんは、「出た出た、今度こそ本物じゃ!」と目を丸くして言った。言うまでもなく緑の精のことである。よほど信じて欲しかったのであろう。印象が鮮明なうちに、と言わんばかりに一気に語った。その話は真に迫って、女の子も目を丸くして聞いた。うそをついてもしかたがない。たしかに目の前で小鳥が遊んでいたのだ。ただ、ガキちゃんのうちはメジロをたくさん養っていて、いつも水浴びを見ていたから描写もうまかった。

岸辺を離れると一気に暑くなった。樹林からさえずりが聞こえてきた。

「あれじゃ、あれ、さっきのメジロじゃ！」

ガキちゃんはボートから身をのりだし、そして、小鳥は水浴びをすると気持ちがよくなって高い所でさえずるのだ、今のがそれじゃ、と説明した。友との別れを惜しむように遠ざかる鳴き声に耳を傾けていた。ほんとうはうちに帰りたくないのかもしれない。実家はとても不幸なことが相次いで、父との折り合いも悪かったのだ。いたずらもそのことと深く関係しているだろう。ともあれ、その日、生涯忘れがたい思い出を彼は授かったのかもしれなかった。生き物のこととなると目が輝き出すガキちゃんはその時別人のようであった。

柿どろぼう？

秋風が吹くころとなった。日照時間が短くなると、軒先のメジロも鳴かなくなる。晩秋へと時を刻むひとときと、もう一つ晴れやかな舞台を演出するものが現れる。枯れゆく冬への序奏、スズムシの大合唱である。

街の東にある台地は上の原という。ハヤトがかつて母親の引くリヤカーをウンウン言いながら押した、あの畑がある所だ。そんなことはすっかり忘れて大地に鳴くスズムシの大合唱を聞きに夜訪れるのである。

夕方涼しくなりはじめたころ、足下で、「リーンリーンリーン……」、西空に名残を留めていた茜色の空も今や紺一色に染まっている。一番星、二番星。細い銀の舟が沈んでいくと、そのころからまるで示し合わせたようにおびただしい虫の音がわき起こるのだ。

「リーンリーンリーン……、リーンンンンン……」

大地からわき起こる……。

見上げると銀盤が空一杯に広がり、中央にはぼーっと天の川が流れている。打って変わって星空は無限の静けさの中にあった。何一つ起こらない静寂。星たちは、スズムシの合唱を聞き惚れているかのように、ただチカチカと瞬くばかりであった。はかない線が視界をよぎる。その流れ星を真っ正面から見た人はいない。そして足下のスズムシを見つけようと懐中電灯を照らしても決して見つけることはできなかった。


その束の間の音楽の季節が終わるといよいよ味覚の秋がやってくる。

秋晴れの日曜日、リーダーの誠二を先頭に中学生から小学校三年生までの七、八人、ウンベ採りにいった。目指すは夷守山、その中腹の森の中である。

誠二は都会っ子の最年長。彼の父親は最近転勤してきた地位の高い人というふれ込みであった。

ふるさとの白い道
ホロホロと　馬車は　行くよ
ばあやの里は　なつかしや

学芸会でお姉さんたちが歌ってくれた歌。その歌を思い起こさせる白い道。やがて林道に分け入り、トロッコの線路伝いに繁みをにらみながら森の底をとろとろと登ってゆく。

ウンべとは和名「ムベ」、別名トキワアケビのことだ。アケビはピンク色に熟し縦に割れて果肉が現れるのに対してムベは黒ずむ。その相違はあるが同じような味だ。沢を登り谷を渡って探しまわる。昼なお暗い森のなか、木の幹や枝にかずらがからみつき、ウンベの実がブラリブラリと下がっている。這いつくばって登り、カズラをたぐり寄せてみれば……中がからっぽ！　カラスかヒヨかに先をこされている。そんなわけで多くは採れなかった。

その日も土産なしの手ぶら。山の北斜面の日暮れは早い。「もう帰えいが……」。だれかれとなく言い出した。じゃあ……プラプラと引き返すことにした。今度は下る一方で楽チンだ。

森を抜け出して裾野にでると、サツマイモ、ソバ畑が広がっている。と、右手前方に夕日に輝いて赤い柿が枝もたわわになっている。うまそう！　あれを食わねばガキの名がすたる、ウンべのうらみは柿で晴らそうといわんばかりに皆の目は光った。

近づくと、柿の木の手前側に、畑の境界だろうか、子どもの背たけほどもある丸いお茶の木が一列に並んでいる。その茶の木さえ飛び越せばたらふく食える。ワイワイガヤガヤ。もう取ったも同然だ。問題は誰が木に登ってちぎって下に投げてやるかだ。誰が登るか、ワイワイガヤガヤ。

その時、誰もいないと思いきや、茶畑からカマを手にしたジジイがヌスッと立ち上がった！と見るやカマを振り上げて、「コラーッ！」と一喝した。その大声とほとんど同時にガキ中のガキたる誠二が、「ヒン逃げぇー」と命令を下した。

「ヒン！」を聞いたときには皆走り出していた。そして、いましがた降りてきた夷守山の方に向かって一目さんに逃げ始めた。そのときばかりは運動会の時よりも速かったろう。カマで殺されると信じて疑わなかったから。

うしろからカマを手にしたジジイがどんどん追ってくる。なむさん！　しかし悲しいかな、邦世ら小学生では山道を逃げるのは楽ではない。みんなそれぞれ命が危ないと思っている。だから、他人のことなど構っておれるものかといわんばかりに中学生のガキは先をどんどん逃げてゆく。冷たいなー。そのうちに、小学生の尚ちゃんと弘一、邦世は走れなくなってきた。仕方がない、隠れよう、とっさのことで、山道の左手にあったシダの茂みに腹ばいに伏せるのが関の山！

しめた！　もう何も見えないから大丈夫、と思ったのは子どもの浅はかさ。体の半分は丸見えだ。頭隠して尻隠さず、そこにジジイの足音が迫ってきた。ついに大声が落ちた。

「立て!」

いよいよカマが飛んでくる。

「オカアチャン!」

おそるおそる立ち上がると、その中では最年長の弘一が代表してジジイの尋問を受けることになった。意外に冷静な、まともな尋問である。あの中学生のガキはどこのなんという名前だ、などと聞く。あとの二人はどうやらカマで突き殺されなくてすみそうなことを感じて内心ホッとしている。

一方、弘一は必死になって尋問にたえていたが、やがて「オイヒック、オイヒック」むせび泣きをはじめた。しゃくり上げてボロボロと涙をこぼす。涙をぬぐう腕の下から口が引きつり白い歯が見える。ジジイはそれに哀れをもよおしたのか、それ以上尋問することを止め、説教じみた捨てぜりふを残しておりていった。

「あぁよかった! これで無事に帰れる」、と思いきや、中学生の誠二たちがそれと知っておりてきて、ジジイは何を質問したのか、それでお前たちは何と答えたか、など、今度は彼からの尋問である。答えたとおりに言ったら、「バカが!」と真っ赤になって怒鳴られてしまった。

なんでも誠二の親父というのが、一帯では名を知らない者はいないほどの人物なのだそうで、名前をしゃべったからには親父に大変迷惑がかかるという。それならそうと山への道すがら、そう言い含めておいてくれればいいのに……小学生はこれだからつらい、と思いつつも、親分には申し訳ないことをした、と深く反省した。くたびれた。死ぬ思いで走ったのでもう足はガタガタ。再びトロッコの線路に出会ったので町に近い島田まで乗って帰った。

それにしてもなぜあのジジイは柿の被害にもあっていないのに何百メートルも山の中までカマを振り上げて追いかける情熱があったのだろうか。果樹園にサルがちかよってくると何も荒らしていないのに追いはらう。捕まえれば縄で縛っていじめ、二度とちかよらないようにする。事情は同じ。被害にあってからでは遅い。大人と子どもはここでも天敵の関係にあったのだ。

晩秋の味覚

さあいよいよ秋本番。日に日に寒くなり、アケビ採りのあとは、イノシシ狩りも解禁となる。メジロも深山から平地への行軍を進め、里にも現れるころとなった。

玉ちゃんに誘われて、ハヤトはメジロ捕りについて行った。うすら寒い風が吹く晩秋の一日。黒い学生服を着た二人が藪の中を行く。二つ重ねて風呂敷に包んだメジロカゴを下げている。一つには囮《おとり》のメジロ、もう一つは空カゴで、捕れたメジロを収容する。それをハヤトに持たせ、玉ちゃんはトリモチを塗った細い竹を手に、藪から藪を探し歩いた。囮が鳴かないので彼は口笛を吹いて山の鳥の鳴き返しを待ったが手ごたえはなかった。

実は、彼がハヤトを誘ったのは、彼が飼っているウサギとモルモットが合の子を産んだ、という自慢話にひかれたからだった。メスの白ウサギとオスのモルモットを同居させていたら生まれたというのである。さすがにハヤトは、ほんとうかしらん、と思った。暗いじめじめした大型の木箱に、なるほどウサギとモルモットが同居して子どもも一匹いた。薄汚れていたがやっぱりウサギの子にはちがいないと思った。頑固な主張なのでハヤトは疑いの気持ちをあらわさずにだまっていた。

なかなかメジロの群れには逢わなかった。ぽっかりと藪が切れてススキの生い茂る灰色の原野にでた。かなり歩いたらしく、お結び型の夷守山がぐっと迫っていた。その山に向かって原野はゆるゆると登り、その先、左手斜め下にこんもりと茂った漆黒の森が沈んで裾いっぱいに広がっていた。

「これまでは予行演習じゃ。あの森にはかならずおるから」

自信ありげな玉ちゃんにハヤトは半信半疑でついていった。途中、弁当箱やロープなどが置かれた大八車が道脇に放置されていた。誰かが先に山に入っている。樵《きこり》などと一緒だった日にはメジロ捕りどころではない。

「ズドーン、ン、ン、ン！」

思いがけなくも銃声が空気を揺すった。「なんじゃ？」二人は顔を見合わせた。薄曇りの空を野バトだろうか、数羽の黒い影が頭上を飛び去った。

「シシ撃ちじゃ！」。玉ちゃんが興奮して言った。どうやら彼らが向かっている森から届いている。そんな所でのメジロ捕りなんて考えようもなかったが、何が起こっているか見届けたい気持もあった。ちなみに、イノシシをシシともいい、鹿のことカノシシともいう。

そのころ森の中では大騒動が起こっていた。少しさかのぼって事の次第を話そう。ハヤトと玉ちゃんがゆるゆる登っている道を、つい半時も前、四人の狩人がライフル銃を担ぎ、銘々自慢の犬を連れてくだんの森に入っていった。こんもりと茂った広葉樹の森には、イノシシの好物のドングリや山芋が多い。といって一晩で一〇里くらいは楽に移動するといわれるイノシシのことだ。必ずいるとは限らない。見当をつけるのは足跡だ。その足跡を追ってけもの道を探しまわるうちに、あった、あった！　つい今しがた落ち葉を踏み荒らし、土をえぐった新鮮な足跡が見つかった。

まず付近にいると思ってまちがいない。リーダーの采配のもと、潜んでいるとみられる小山を東西南北から遠巻きするように四人は配置についた。いるとすれば寝屋で体に土をなすりつけながらダニ落としでもしていることだろう。いつでも撃てるように銃弾を確認すると、「ピューピュー！　ピューピュー！」。笛を吹いて準備完了を知らせあった。相互の確認が終わるといっせいに持ち犬を放った。犬が小高い山を囲み、範囲を狭めていく。イノシシは驚いて跳びだしてくる。それを撃つ。以上は定石通りの攻めである。

ちなみに、山入りにはいろいろなしきたりがあって、狩人が山で合図をするとき互いに相手の名前を肉声で呼んではならない。これは山の常識だ。宮崎県西都市の銀鏡《しろみ》では、呼んだ狩人の弾を外すといい、万一それを破った場合は呼ばれた人が山の神に、自分の男根をさらけ出して神楽を舞いますから弾が当たるようにお願いします、と願わなければならない。山の神は女性なのでお喜びになって狩りがうまくいくというのだ（『山の標的』須藤功、未来社）。煙草の煙など人間くさいにおいがご法度であることは論をまたない。

さて、留吉は記憶に基づいて次のように語った。

縦横七、八メートルはあろうか、平たい空き地で犬を放った。彼の犬は一歳半のゴロ。喜び勇んで斜面を駆け上がっていった。紀州犬の血統でキツネ色の毛に三角に立つ耳が愛くるしい。若さいっぱいだがイノシシ狩りにでるのは初体験であった。

地形を熟知している留吉はそこで待ち伏せることを得意としていた。空き地の中ほどに一かかえほどの樹木が立っている。これがことのほか役にたった。陰から銃を撃つこともできたし、いざという時に隠れたり真上の枝に飛びついたりすることもできる。空き地の対面に位置する山つきは木の根がむき出した窪地になっており、そこに追い込んだ時、木陰からズドーン、とやるつもりであった。時に留吉四五歳。すでに経験ゆたかではあったが今年から若犬となったことが気がかりといえば気がかりであった。

はらはらと散る紅葉が美しかった。晩秋の森の底は落ち葉でふかふかとして踏み荒らす犬の足音にかさかさと鳴った。イノシシはすでに気づいて浮足立っているかもしれない。ワンワン吠えられるとどうしても寝屋から逃げだしてしまう。「こしゃくな奴め！」といったところだろう。ほんのしばし留吉は紅葉の美しさにみとれた。これじゃから山が好っじゃ！　ゆっくりと森の様子を見まわす先にアケビがぶらぶら……。イノシシ狩りでなければ木に登って……、などと山のたたずまいにたゆたう気分になったところで犬の吠え声がきこえてきた。

緊張して体がしまった。勘は当たった。追い立てはじめたのだ。いつ眼前に跳びだしてもおかしくない。毎年のことながらゾクゾク鳥肌がたつ一瞬だ。留吉はケモノ道の先に銃身を向けた。

シシ犬には用心深く遠巻きにワンワン吠えて追い出すタイプとイノシシに食らいついていくタイプがいる。かつてのポチならば定めし食らいついていくタイプだし、気性の激しいゴロもそうかもしれない。狩人からすれば、吠えておびき出し、主人が鉄砲をうちやすいように誘導する犬が理想的だ。一方、狩人も勇敢でなければならない。まさかの時に主人が逃げだす素振りをみせたりすると、飼い犬も怖気づいて逃げ出してしまう。だから狩人はけっして弱気をみせてはならない。

遠くからも複数の犬の吠え声が聞こえる。やがてゴロの吠え声が留吉に近づいてきた。でかした！　胸が躍った。おそらくけもの道に姿を現し、一本道をかけて目の前を通りすぎていくにちがいない。想定どおりの展開だ。

汗に濡れた手のひらをズボンでぬぐい、銃床を右肩にすえて引金に指をかけた。低木の茂みがざわざわと揺れた。次の瞬間木陰からイノシシが躍り出た！　丸っこいこげ茶色の塊が弾のように突撃してくる。二、三年ものの成獣だ。ま後ろをゴロが追っている。撃とうとした。けれども狙いを定めようがない。下手をするとゴロを撃つ。ばかが！　はなれろ、はなれて追いつめろ！

ゴロがイノシシの尻を追いかけ、ぐるぐる広場をめぐった。しばらくは何が起こっているのか覚えていない。ともかくゴロが土手に追いつめた。そこでかろうじて一発を撃った。弾は背中に当たった。血がほとばしった。瞬間シシは跳ねあがって横転した。空をけって立ち上がるとぶるぶると身震いした。しまった！　手負いにしてしまった！

いきり立ったイノシシは逆襲に転じた。首を下げ、留吉めがけて突進してきた。とっさに猟銃を放り出して頭上の枝に飛びついた。肩幅のあるこげ茶の肉塊が、まさに彼が今いたところをかけぬけた。白い牙が空中を切った。

犬がシシを追っているのかシシが犬を追っているのか分からない。めまぐるしい動きが止まった時には、シシがゴロを土手の窪みに押しつけているところだった。ゴロの四本の足が空をけった。腹をシシにさらけ出してしまった。二回、三回、シシが突き上げるような頭突きをした。留吉にはその背中しかみえなかった。その時、他の犬たちが吠えながらはせ参じた。シシは振り向いて攻撃の相手をかえ、もと来た道へ猛進した。犬たちが追って斜面の向こうに消えていった。空き地が急に静かになった。

ゴロの首から血がほとばしっていた。シシの牙がゴロの喉首を裂いてしまったのだ。間もなく、ズドーン！　誰かが発砲した音を留吉は上の空で聞いた。その後空砲が二発つづいた。シシ撃ちは完了したのだ。

薄曇りの空のもとでその音をハヤトらも聞いた。発砲はそれでやんだ。行くか戻るか、迷いながら森に近づいていたのだが、足はその先には進まなかった。

「ちょっち一休みしようや！」。

二人は路傍の石に腰をおろした。うすらざむい風が枯れススキを分けながらふき抜けてゆく。コットントン、コットントン、カゴの鳥が止まり木を行き来する単調な音がきこえている。さわさわとススキの穂が波打って秋の風情が野に帰ってきた。空をゆく鳥の姿もみられなかった。何かが終わったのだ。

現場をみたい気持ちはハヤトも玉ちゃんも同じだった。九分九厘イノシシ狩り、そして想像するに一頭が仕留められたのだ。もしかしたら次の狩りが始まる間のしばしの静寂であるかもしれなかった。いずれにしてものこのこ出かけていくのは危険なことだ。尻を半ば浮かせながら思案していると、ススキの穂先に人影がちらちら見え隠れした。やがて現れたのは四人の猟師であった。いずれも黒っぽい長袖服を着て前つばのある帽子をかぶっていた。

ハヤトらがたたずむ前を進んできた。通り過ぎる時、空気が血なまぐさく赤黒い色に変わったかと思われるほどだった。

紀州犬とおぼしき犬二頭が先をゆく。三角形の耳を立て、すっくと前を向いて一行を導くように歩んでいく。その二頭は一人の男が引いていた。鉄砲をかつぎ腰には斧を下げている。つづく二人は重荷を肩に担っていた。二人が前後してかついだ青竹にイノシシの黒い塊が下がっていたのだ。前足同士、後足同士をかずらでくくり、それに青竹を通して担いでいるのだ。鼻にツタを巻いて竹にくくりつけてあった。ちょうど生きている姿を逆さまにした格好である。歩行にあわせてゆさゆさと揺れる。六、七〇キロはありそうであった。

そのうしろには犬を背負った若い男が続いた。縄で背にくくられ、ぐんなりして息絶えているのかどうかは分からなかった。首はタオルで巻かれ血で染まっていた。

しんがりを務めた一人は犬を連れて三丁の鉄砲を担いでいた。

ハヤトはびっくりした。「ちわ！」道脇で見送りながら思わず口からでかかった。イノシシを担いだ一人は近所に住む野間の主人であったし、最後を歩いたのが熊ェ門だったからだ。けれども挨拶する雰囲気ではなかった。眉間に縦じわ、口はへの字に結び、真正面をみたきり少年には一目もくれず行き去った。

ちなみに、イノシシを射止めた時のうれしさは大変なもので、昔から嬉しい時の表現に、「イノシシをとった時、嫁をもらった時と男の子が生まれた時」という言葉が残っているほどである。だが、犠牲者がでたとなれば複雑な心境であったにちがいない。

細く閉じたシシの黒眼と白い半月の牙がハヤトの脳裏に焼きついた。なんだかメジロ捕りの気持ちがなえて、もう帰えいが、となってしまった。みえがくれするほどの距離をおいて彼らについてゆくと、猟師たちは松林で足を止め、そこで待たせていた大八車に猪と犬を乗せた。犬もどうやら息絶えているようだった。弁当箱、ナタ、鉄砲、それら小道具一切を積み込んで山を下るのだ。

おそるおそるハヤトは野間どんと熊じいに挨拶してみた。二人ともそのときになって初めて気づいた様子だった。オッと声にならない声をあげた熊じいの顔に、みるみるうちに微笑みが浮かんだ。ハヤトは少しほっとした。皆も徐々に穏やかになりつつあったのだ。一方のハヤトには憧れのシシ撃ちに出会えてすっかり気分が高ぶっていた。聞いてはいたが、見ると聞くとでは大違いだった。ときめきもし驚きもした。

「おいさん、荷車を曳かせてくいやんせ」、そう願い出てみた。なぜか涙がでた。シシ撃ちとはこんなにも悲壮感あふれるものなのか、晩秋の曇り空のような重々しい気分からぬけだせなかった。

イノシシも犬もピクリともしなかった。車を曳きながら訳も分からない涙がほおを伝いやまなかった。ハヤトにしてみれば名誉あるシシ狩りに参加した気分がほしかったのだ。玉ちゃんは面白くなさそうに黙ってついてきた。メジロ捕りの小道具一式をハヤトの分まで手に持って。

ゴロが息絶えたことは一つの結論だった。くよくよしてもはじまらない、そんな気分が狩人の間には広がっていった。

その年の初物であった。だが弔いと祝いの双方がいっしょにやってきた。留吉は、よくやった、とほめてやりたかった。経験不足だったが勇敢に闘った。悔やまれることは、距離をおいて追いつめるクールな気持ちがほしかったことだ。老犬のタロに沿わせて彼の追い上げ方を学ばせる手間ひまがあれば……、だが、タロを引退させたこともしかたがなかった。ゴロの死を若気の至りと決めつけるのは酷であった。留吉は一人帰宅して裏庭の墓地に埋葬した。

仕留めたのは西柳どんである。野間、西柳、そして熊ェ門の三人でささやかな儀式を執り行うことにした。撃ったイノシシは早急にさばかなければならない。というのは、一時間以内にでも内臓を出さないと全体が腐敗して食えなくなるからだ。その日のうちに儀式を執り行うのもそのためだ。獲物は山裾の彼のうちで、ダニを落とすために毛を焼いて丸裸にした。次いで内臓その他に解体していった。

ここで、かつての南九州一帯でのシシ狩りについて触れておこう。

一一月半ばになると山の幸、シシ狩りが解禁となる。農家にしてみれば農作物を荒らすイノシシを一刻も早くたくさん召しとってほしい。街の連中にしてみれば早く舌鼓を打ちたい。猟師も期待に応えてたくさん捕りたい。けれども、狙う相手は、血も涙も、親子の情もある山の生き物だ。猟師といえども殺すには心穏やかでない。可哀想だが許しておくれ、とか、一方では山の恵みに感謝したり、たたりを恐れたり、狩りを安全にお守りください、そんないろいろな気持ちから定期的に、特に「初物」を撃ちとったときには祭り事をおろそかにしない。鉄砲撃ちの裏庭にはたいがい祠があるのはそのためだ。

シシ狩りは普通数人が組んで寝屋にいるイノシシを犬に追い出させ、追い込んだところを撃つ。だれかの弾が仕留めることになる。撃った者は名誉の一撃の直後に尻尾を切り取ってもめたときの証拠にする。同時に彼がイノシシの頭をいただく権利が生じるのである。その頭は神棚に奉納するのだが、それを奉納した狩人にはすぐにでも次の獲物を山の神が獲らせてくれるという。

その日のうちにはらわたを煮て焼酎の肴にして食べる儀式を「ふくまる祭り」、略して「ふく祭り」とも称した。「ふく」とは肺臓、「まる」は心臓、「クロマル」とは肝臓のことである。西柳どんはもともと鹿屋の鉄砲撃ちで、そこから移り住んで十数年になる。鹿屋と小林とは、おおざっぱに言うと、霧島山を挟んで小林が北、鹿屋がかなり離れて南に位置する。精悍《せいかん》で日焼けした顔は隼人の標本みたいであった。彼は古式の伝統を重んじている。その日の初物を祝う主人公である西柳どんが祠の前に進み、仲間がしたがった。

榊をシシ頭の周りの床にあげて手を三つたたき、それから線香を九本立てて塩、洗った米、それに猪の肝と焼酎の一升徳利を供えた。黒々としたイノシシの頭はまるで生きたまま眠っているようにみえる。いやそれどころかエヘラエヘラ笑いながら人間どものすることを閻魔大王のように向こうから見守っている風情さえある。

何やら呟きはじめると皆かしこまってこうべを垂れた。

「入り口山神三万三千三百三三点、黒山山神三万三千……点、奥山山神……点、合わせて九万九千九百九九点の山神様、あげそこないはあっても受け取りはずしがないように、あぶらおんけんそうそう」と三回となえて三回手をたたいて拝んで終わるのだ。住まいに身近な森の神、里山の神、そして奥山の神、すべてに祈願をたてるわけだ。ちなみに、黒山とは照葉樹林のことで、その濃い緑陰をして「黒」と表現したのであろう。さらに田畑のことを「のやま」と称した。

季節ごとに山の神を祭るのはきわめて重要な行事であって、旧暦の正月、五月、九月の旧一六日におこなった。山々の八百万の神々に、感謝の捧げものを残らずお受け取りください、これからもよろしく、ということであろう。

内臓を切り離し、肉は小分けして、仲間の猟師に配分する。米と塩は各人に配り、それから臓物を煮て酒の肴としていただいた。犬は分け前を食らい、互いに静かに帰える時刻を待った。そういう前置きがあって、楽しみは、肉がもっともうまくなる一週間の後。

猪肉の宴

こうして晩秋、味覚の楽しみがやってきた。日没も早まり、朝夕は冷え込み、錦おりなす紅葉のにぎわいから墨絵の世界へと移っていく。この、秋の暮れゆく侘しさを、気のあう者が集まってシシ肉に舌鼓を打ち興じるなんてまことに乙なものである。

野間どんのうちは、ハヤトのうちの通りを隔てて斜め向いにある。初物の時期がすぎると一頭まるごと天井の梁に逆さにぶら下げられ、表には、「猪肉あります」と、下手な字で張り紙が出される。その裏庭で初物祝いが始まるのだ。

庭のはしっこに祠がある。小さいながら深緑の榊に囲まれてかみさびていた。久しぶりに神棚をきれいにして、イノシシの内臓を煮たものと、大根、ニンジン、塩、新米、それに白徳利に入れた焼酎を供えた。それだけで主人は心が晴れやかに、穏やかになるのを覚えた。てんてんと手を打ち、合掌をすませて客を迎える準備が整った。

すでに述べたが、ホゼ（奉齋）というのは、実りを祝う旧暦九月の秋祭りである。その日は各村では流鏑馬《やぶさめ》が行われ、人びとは行き来して親戚の消息を確かめあった。米の実りは豊饒のシンボルであり、それを祝うホゼは、稲刈りがすんで忙しさも一服した一一月一八日に定めてある。わざわざその日を選んだように一五日にはイノシシ猟が解禁となって、初物祝いもほとんど同時にやってくる。そこで、獲物をしとめたタイミングを計って、かねてお世話になった人とか親しい人を呼んでシシ肉を中心に秋の名物をご馳走するわけである。

「うちの神《かん》さぁは酒が好《き》っじゃっでなぁ《だからなぁ》」

独り言をいう間もなく「ガラガラガラ！」土間の向こうの入り口から、ちわぁ、一番客がやってきた。この日は大人と子どもの二つグループの席を隣り合わせに準備してあり、早くも七輪には火がほてって白い皮つきの赤い肉が皿に盛られ、焼かれるのを待っている。

田植から始まって草取り、稲刈りの農繁期の苦労を共にした子どもたち、野間どんの娘鈴ちゃんの仲間、息子芳郎の友だち、ハヤトら父子も呼ばれている。鈴ちゃんはかねて店番をして肉を切り売りする。芳郎は鉄砲撃ちについていく。どちらも大人に交じってよいのだが、その日は、お兄さん、お姉さんとして子どもたちの席についた。大人組は、鉄砲撃ちの仲間、ハヤトの父やその友人、お寺の住職さんなど多彩な顔触れがそろった。夕日が顔を赤っぽく染め、山の端も赤むらさきに染まってゆくころ酒盛りが始まった。


猪肉はまずは焼いて食う。シシはそれに限るという人もいるほどうまい。ブツ切りにして強火の遠火で勢いよく焼く。味付けは海塩(自然塩)をパラパラとふりかけるだけがよい。肉からジリジリポタポタ垂れる脂が火に落ちる時白い煙が上がる。それが肉に付かないようにするのがコツだ。脂が焼けるとき上がる白い煙は肉につくと煤《すす》けてうまくない。もっとも薫製のような味がしてうまいという人もいる。庭先で宴会をするのは野趣味を楽しむことのほか、煙が天井にまつわりつくのを嫌うからだ。

シシ肉の生の刺身は沢ガニなどを媒体としてジストマ(吸虫類)が宿っている恐れがあるので食べないほうが無難だ。実はうまいのだそうで、猟師がそれを食べて、ジストマが肺に巣くって死んだ話は多い。病院でも結核と誤診されがちなものとされていた。

猪最大のものを「ごねんげい」という。薩摩弁で「五年帰り」、つまり五歳になる大ものの意味だ。ただし、最も美味とされるのは超大物ではなく、六、七〇キロ辺りといわれている。ミツブセとは、背部の白肉を測ったさい、手の指三本の厚さのもので、特にうまいからそういった。なお、二つ伏せ、四つ伏せなどと測り、肉付きの尺度とした。肩にある皮付きの白い肉を「イノシシの皮ン目」と呼んで正月の吸い物には極上のものとされた。

今日、そのような言葉は風化されて使われていないかもしれない。

ところによってシシ肉を牡丹肉とも山クジラともいう。クジラは獣肉禁制のころも遠慮なく食べていたのでそれを借りた隠語といわれ、牡丹肉は、シシ肉の最上のものには皮ン目、つまり皮と赤身の間に白身がついていてボタンの花弁《はなびら》に似ているところからきている。ちなみに、馬肉を桜というのは「咲いた桜になぜ駒つなぐ、駒がいさめば花が散る」からきた隠語とされている。


さて、宴は盛り上がってきた。

呼ばれた者はそれぞれ山の幸を持ち込んでいる。その一つが山芋だ。赤土に育った自然の山芋はすり下ろしても垂れさがったりしない固さがある。それを箸で一口相当に数多く切って黄金色のツユに浸すと、あたかもたくさんの満月が浮いたようにみえる。その一つを小皿にとってユズをかけ、ヒュッと口に含む。シャリッ！　としたとろける風味は秋深い夕べに乙なものだ。

　焼酎は黒ジョカで潤をして、ひらべったい盃でヒューッと飲む。口の中にサッと広がる芋焼酎の香りが肺の中までしみわたる。口、喉、肺で味わうわけだ。竹の風味もいい。真竹を切り取り、底に当たる節だけを残して上から酒を流し込む。焚火にかけて暖めるといい燗がつく。竹の先端の細い部分で柄杓を作って盃として使う。竹の風味は日本酒の方が合うかもしれない。白菜の一夜漬け、富有柿も銀米も実りの秋ならではの味わいである。柿は深酒をしそうな時には意識して食べた。

　一杯飲んではまあ一杯……。盃のやり取りは常道だ。やがてほろ酔い加減が本物になる。

　お寺の住職さんだけは手ぶらで参加した。いわばお呼ばれで、高貴なお人には来ていただいただけでもありがたい。一方で、肉をお召しにならずに座が白けはしないかと思いきや、しだいに盛り上がってきた。色白の住職さんは肉は大好物なのだが職業からではなく経済的な理由からめったに食べない。そのかわり裏山で採れるタケノコをいやというほど食べている。彼の料理自慢もそれだ。土から出る前のタケノコのうまさといったら！

　ニワトリは餌を探すとき地面をかいた跡を一瞬じっと見つめる。それと同じで、落ち葉を足ではらうと何とはなしにふっくらした所がある。あどけない乙女の胸のように……、とはしゃれにもならないが、そのふくらみが土を押し分けて突き破ろうとしているタケノコの姿だ。これがまことにうまい。春になったら裏山の初物をお届けしもんそう、というのが酔いがまわった後の約束事になった。

おなじみの熊ェ門は「堤《つつみ》」に住む鉄砲撃ち。熊のような大柄な体に黒い毛皮をまとって熊のようにみえた。彼は焼酎を飲みすぎで少し白内障ぎみだ。ハヤトの父に世話になっているのはそのせいだ。目が悪くなっては鉄砲人生も終わりだから。

ハヤトの父は酒を飲めない。そもそも無口なのでもっぱら聞き役だ。彼は自称「ふるさと写真家」である。だから「イノシシ狩りに連れていって」と頼むのだがなかなか許されない。その日も自慢のカメラで撮りまくったが夕暮れの写真がうまく撮れるどうか自信がなかった。

野間の主人は鹿のなめし皮を着ている分、肩幅が広くみえた。かねて無口だ。けれども本当はこうした飲み方が好きなのだ。特にシシ撃ちのあとはいい。このごろは飲み過ぎがあっておかみさんからは小言が多いのだが、皆の前では遠慮がちになるのを幸いに、余計に呑める功徳もある。

彼の自慢話しは紀州犬の勇猛さ。大猪にもけっしてひるまない。がむしゃらに食ってかかることなく撃ちやすい場所におびき出すのが巧みだ。一頭だけで追いつめたことが幾度もある優秀な犬であった。

「ホラ、太郎丸！　ここきてたべろ！」

太郎丸はガラガラと鎖を引きずって小屋から出て皿に盛られた肉を口に放り込んだ。かねて

ダットサンで猟に向う

はおとなしく、イノシシにまみえる勇猛心などは影を潜めている。

清叔父は仲間とともに、自慢のポインターを連れて山入りする。こちらは趣味と実益を兼ねていて、命がけのイノシシ狩りではなく、キジ、ヤマドリ、それにムササビなどが相手だ。それらはライフル銃ではなく散弾銃で撃つ。

車の修理工場の実《じつ》ちゃん、ハヤトの父と正文、清叔父ら数人が連れだって、ダットサンの荷台に乗って「えびの高原」の白鳥山に向かった。狙いはムササビだ。夜行性なので昼間は出会えない。だから明るいうちはキジ、ヤマドリを狙う。銃を持っている二人だけで、ちょっとだけ見回りに、といって出かけていった。ハヤトの父と正文は留守番役だが、ムササビ狩りのころは写真を撮りたいから、とあらかじめお願いしていた。

ムササビは深夜、樹木の高い所に上って隣の木に滑空する。それを狙うのだからたいへんなことだ。ところが、待てど暮らせど帰ってこない。深夜まで長々と待ってやっと帰ってきた。彼らは疲れた表情をして、一羽のキジを手にしているだけだった。肝心のムササビはどこにいたのか、そしてどんな狩りになったか、二人とも語らなかったが、実は目撃することもなかったようなのだ。

その夜は山で一泊した。風変わりな宿だったらしく、正文はちょっぴりぼやいた。

「寝る場所は炭焼き小屋の窯の中。煙こそなかったが煤だらけになってしまった。上る途中でもダットサンがエンストばかりやる。そのたびに皆でウンウン押して、ブルブルブルとエンジンがかかるとそのまま走り去ってしまう。ガタガタ道で、翌朝山を下るときには、顔は真っ黒、睡眠不足で、もう……」

今日の宴会のために何とか捕りたかったが……、と清叔父は言った。ムササビならぬその日のキジが奥の間の鍋でくつくつと煮たっているころだ。

晩秋のゆうまぐれ、裏庭の風情はよい。笹藪が庭を遠巻きにし、所どころ、サザンカ、柿の木、その向こうに隣の屋敷。しだいに暮色が濃くなって、一番星、二番星がまたたく紺色の大空。その下で男たちが白煙上がる七厘を囲んで打ち興じている。

五〇歳を少し過ぎた住職さんの頭は天然の毛なしだ。少し酒がまわって話のきっかけをつかんでから饒舌になってきた。めったに呑めない人に酔いがまわるとこの世がばら色に輝いてしまう。つるつるの頭をなぜながら、お寺にまつわる故事来歴をご披露した。

専壽寺の境内脇の竹藪に由緒ある石がある。昼なお暗い藪のなか、じめじめとした所になんの変哲もなく四角い石が座っている。苔や地衣で緑色をしているところからはたしかに年代物ではある。専壽寺は夷守山に向かう途中の浄土真宗のお寺。唐に留学した慈覚大師というお坊さんが帰朝のおり立ちよって「その石」にちなんで開いたのが興りとされる。当時は宝光院といった。そんな由緒あるお寺なのだが今は枯れはてたお寺でお布施も少ない。竹藪に囲まれ、秋から冬、椿が咲く雑木林にはたくさんの小鳥が訪れる。ハヤトらもメジロ捕りにいくどか足を運んで知っている。

その石のことだ。

はるか昔、熊襲《くまそ》平定をなしとげた景行天皇《けいこうてんのう》が、都に帰る途中九州巡幸をされる。そのときまず始めに当地、夷守（小林の一部）に立ち寄られた。春三月に到着し、しばらくの逗留の後、夏四月に球磨に向けて出発された。その際の行宮《あんぐう》がくだんの石のある辺りで、石の椅子もそのとき使われたものといわれている。ということは日本国建立に大きな一歩を記す時代の記念すべき遺跡ということになる。そんなありがたいものがあるお陰で粗末に扱うこともできず、今はうっそうたる竹藪になっているというわけであった。

住職さんが語る故事来歴は遠い夢のようでもあれば、つい昨日のことのようでもあった。聞く者には郷士の歴史が誇らしくもあり愛しくもあってしんみりなってしまった。

子どもグループは酒盛りには加われず、もっぱらバーベキューを楽しんだ。座はひょうたん型をして大人の談笑は楽しそうだったが、子どもらは一足先に座敷で鍋ものとご飯をいただき、三々五々帰った。とっぷり暮れてからは裸電灯と七輪ではうすら寒い。やがて大人たちも座敷にあがって酒の肴は鍋ものにかわった。

猟師の悩み

熊エ門だけを残して皆引き上げた。山男同士の話は尽きないが、かみさんはこれ以上の焼酎には渋い顔をする。飲みすぎが商売にさしつかえてはならない。明日も猪撃ち。鉄砲撃ちの足がふらついては命取りだ。

「そうか、酒はもうなかか、よかよか」

主人はふらりと立ち上がった。そろそろかみさんが怖くなる。

酒のせいで寒くない。雨戸も開けっ放しで酒飲みに興じた。よかった。たのしかった。みな喜んでくれた。満ち足りた想いで野間の主人は下駄で庭に出た。築き庭の松に月がかかっている。秋夜半の涼しさはホロ酔いの身に心地よかった。足元には盆栽が並び、一段、二段、三段、奥に行くほど高く積み上がっている。庭に月の光、足元には電灯の光が落ちて盆栽の緑もわずかに残っている。

「大将！　熊ェ門どん！」

主人は、今一つ飲みたそうな熊ェ門を呼んだ。濡れ縁から少しふらつきながら、彼も下駄ばきで出てきて深呼吸をした。

「楽しう酔くろた」

「月がみごちい」

「話もおもしれかった」

実は今が一番飲みたいほろ酔いかげんであった。

「ま、も少し飲も。遠慮しやらんで、のものも」

小声でいいながら主人は熊ェ門の腕を引っ張り、庭の隅の長い腰かけに座らせた。盆栽の裏にまわって取り出したのは、なんと五合びんの焼酎と湯飲み茶碗……。それを二人は腰かけの中央において向きあった。皿洗いの音のする奥に向かって、

「お前もちょっと出てこい。月がみごと、真ん丸じゃ」

「はーぃ、後片付けがすんでから……」

しめしめ、これでかみさんはとうぶん出てこない。酒を夜風でさましながら盆栽に月見としゃれこむふりをしての酒飲みだ。好きな草木や虫の音を友として、チビリチビリやる酒は女房には隠しておきたい楽しみであった。その実、もっと話したかったのだ。

二人だと本音が出る。しんみりなったりもする。戦後平和になったのは素晴らしいけれど気

になることは山のこと……。今夜はもう難しい話はだめよ。酔っ払ったから……、そんな風情の熊ェ門の肩に腕をからませ、野間の主人は口説くように語りかけた。

（照葉樹林や落葉の広葉樹林がなくなり杉林に変わってゆく。木材生産は国家百年の大計だ。仕方がない。しかし猪たちの住み家はどうなるんじゃ。鉄砲撃ちはどうなるんじゃ。おれたちのうちがどんどん小さくなるのと同じじゃなかか。小鳥の楽園も少なくなる。杉林にメジロはけっして住めない。だいいち小虫一匹いない。小鳥を捕りすぎるから小鳥が減る、だから捕るな、ちゅうのは本末転倒じゃなかか）

話題はやっぱり自分たちの生業に関するところに帰っていく。

実のところ、縄文の森の時代から弥生の田畑の時代に移りかわる時期を中心に、風土に沿った地域の自然林が広範に失われたといわれている。瑞穂の国、農耕文明への転換にさいしてそのことは必然的であったであろう。今、山でおこっていることは当時の開墾とは意味がちがう。むしろ田畑への転換がむつかしい所、山の斜面の自然林が対象で、それらを伐採して人工林に変えていく作業だ。森林の相が、複雑きわまりない照葉樹、広葉樹林から、単相の杉やヒノキといった針葉樹、南九州には向いているとは思えない杉林、ヒノキ林にどんどん変わっていく。

それはとりもなおさず森の生き物の住み家が奪われることでもある。水をふくよかに蓄える力も栄養に満ちる水を作る力も減るだろう。小さな生き物も川魚も減るだろう。海だってきっと磯焼けをおこして沿岸の魚にも水産業にも影響を及ぼすだろう。こんな勢いだったら森はなくなって、猪も住むところがなくなって人里にでてくるようになるぞ。そのうち熊だって人をおそうようになるぞ。

と、まあ、そんな話である。猟師にはそれがわが子を取られるほどの苦痛なのだが、誰に訴え、どうしてよいかなすすべもなく諦めている。そうそう、野間どんにも困ったことがある。息子の芳郎を跡継ぎにしてよいものやら、ということだ。シシ撃ちはもうダメな職業ではないか。むしろ都会に出て食える職業につくことを今のうちから物色した方がいいのではないか……。なんだか酔いがさめてきた。

一方、帰宅したハヤトの父はさっそく現像にとりかかった。洋館風の建物が診療所で、その一角に暗室がある。中に入ると印画紙の感光をさけるため赤っぽい明かりがついている。そのもとで、焼きつけ、引き延ばし、現像液で像が浮き出て、定着液で定着させるまでやる。翌朝、じゃんじゃん水をくみ上げて水洗いする。水汲みはもっぱらハヤトら子どもの仕事。案じたように夕暮れの宴の写真はうまく撮れていなかった。

数日後、熊ェ門が診療所を訪れた。

「あんあとじゃひなぁ《あのあとですけどね》、先生」

そうして熊ェ門はシシ撃ちの悩みを語った。聞いたハヤトの父は、自分ではどうすることもできないが、今のうちに写真を撮っておかねば、と気がせいた。滅びゆく何か大切なものがあることを直感したからであった。

ちなみに、統計によると、結果として昭和二五年から四五年にかけて全国で一〇五〇万ヘクタール、つまり、幅一〇〇キロ、長さ一〇〇〇キロの広大な自然林を杉やヒノキの人口林にかえてしまった。一〇〇〇キロといえば東京から福岡くらい、一〇〇キロは中国山地をはるかにこえる幅だから、いかにすごい国土の改変が進められたかということだ。熊もイノシシも餌を求めて里に出没して不思議ではない。

ハヤトの父親は熊ェ門にその日の写真をみせた。

「先生、こいがわっしごわすか。熊んごちゃってすな」

熊ェ門は苦笑いしながら言った。輪郭は分かったが顔が黒くてよく分からない。

「先生、こげなよか写真を撮っくいやんせお」

それは額にいれてある田植の写真で、男女数人がにこやかに手に苗をもって田圃に立っているものだ。ハヤトの父が写したお気に入りの写真であった。彼はあらためてふるさと写真家として新たな役目ができたような気がしていた。風土と生活史のような写真を撮るよう心がけよう。滅びゆく文化の貴重な記録ともなればそれにこしたことはない。

読書家とウサギ

愛宕町の由緒ある浄土真宗のお寺、その本堂の裏にはお墓と納屋があって、それをスズメの

昭和30年代の田植え風景。ハヤトの父の気に入りの写真

お宿、竹林が取り囲んでいる。めったに開かれることもない納屋の中に化け物が住む、という噂がかねてからあった。このさい見届けてやろうということになった。竹の落ち葉などが屋根に積もって古色蒼然たる納屋に、秀雄ら全部で四人、竹槍を持って踏み込んだ。

たしかに何かがでそうな雰囲気だ。けれども暗くて様子が分からない。そこで、住職の子息、信ちゃんが母屋から丸い鏡を持ちだしてきた。初夏の太陽がさんさんと降り注いでいる。その光を鏡に受けて、スポットライトのような丸い光が納屋の奥を照らし出した。がらくたの山の間を探すうちに一人が天井を指して叫んだ。

「おったぁ！　あれじゃ！」

「じゃ！　ヘビじゃヘビじゃ！」

鎌首をもたげたヘビが青白く浮かび上がった。桟の上で、すっくと鎌首をもたげている。神々しい。これは化け物ならぬ納屋の守り主ではないだろうか。神様のようなそれは光に目がくらんでたじろぎ、ざわざわと動き始めた。それで威厳は吹っ飛んで普通の蛇になってしまった。

二メートルもありそうな青大将だ。ブチ殺してしまえ！　というわけで、竹でひきずり降ろし、ドサッと落ちてきたところを表に引っ張り出した。よってたかって竹で押さえつけると、キリキリと胴を竹に巻き、口をカッカと開けて抵抗する。どうやって殺そうか、と相談するうちに誰ともなくほとけの心が芽生えてきた。悪さをするわけでもないのになぜ殺すのか、高まる波のように皆の心に満ちてきたのだ。ネズミを取るんじゃゃげな、青大将は……。納屋の奥に住んじょるのは宝ものじゃげな……。人知れぬ守り神じゃげな、ということになって放免され、青大将はさわさわと藪に消えていった。

そろそろウサギの話に戻るとしよう。山の楽しみのかたわら、ハヤトのウサギ修行は続いていた。子を全滅させた悲しみは生きた教訓になって、二度と同じ失敗をくりかえさなかった。数も養い方も慈敬園のおいさんの向こうを張るほどの腕前になった。寝ても覚めてもウサギのことが頭から去らない。学校での友だちとの会話はもっぱらそれに関することだ。種付けやお産について語って聞かせると、授業中には眠ったような眼もがぜん輝き出すのだった。そんなことも流行に拍車をかけ、興味を持った者は竹カゴを持ってハヤトのところに買いにきた。今や大流行の観を呈してきた。ウサギを飼うことは科学的な観察眼を養うことにつながるし、何

ハヤトも通った幼稚園の運動会。浄信寺の境内で

よりも優しい心を涵養するだろう、というので、保護者で反対するものもいなかったのだ。

信ちゃんは近所では唯一の読書家である。所せましと積み上げられた本の山を次々に読んでしまうという評判で、中学校に入るころには近視が進み眼鏡をかけている。血は争えないというか、仏典、古典に囲まれた環境がそうさせているのだろう。読書で奥にこもって人前に姿を現さないので「穴ダヌキ」という不名誉なあだ名まで献上されている。

授業の休み時間、ウサギのことが話題になった。信ちゃんが、おいも飼っちょるよ、とポロリとこぼした。なんで信ちゃんが！と皆おどろくと同時に、勉強ぎらいの少年らは急に親近感を覚えた。さっそく見にいくと、彼は、読書中なのに！　という渋い顔をして奥から出てきた。ふだんは寄りつきもしない年呂やハヤトらが土蔵の隅に案内された。上蓋のない木箱に、あと一息で親と呼べるほどの清楚な白ウサギが一匹。生後六カ月という。

「オッツ？　メッツ？　どっちじゃろう」

「メッツと聞いちょるがよく分からん」

フンが少ない。飢え死にしないていどにしか餌を与えていないのだ。オスかメスかもよく分からず何のために養っているのか、みな怪訝な顔をした。年呂は調べるために無造作に首筋をつかんでひっぱりあげた。すると「ヒェッ！」と信ちゃんが奇声をあげた。そのしぐさが荒々しかったのでびっくりしたのだ。ウサギを持ち上げる時は、耳をもって引っ張り上げるものと信ちゃんは聞かされていた。しかしこれでは耳が垂れたり折れたりしてしまう。だから、ほんとうは首筋をつかむのがよい、年呂の説明に信ちゃんは納得した。

さて、年呂は、信ちゃんからみると、これも荒々しくオスメスを判定した。ちょうど「目」のお医者さんがまぶたをひっくりかえす要領で白い毛の底を開いて見るのである。メスであった。だが、絹のような毛皮の底にぎすぎすしたあばら骨が手にふれる。

「ほいどん、ちょっちやせすぎじゃ！」

言われて信ちゃんは照れくさそうに笑った。

「もうそろそろ子を産ませてもよかことねぇか」

やせている方が妊娠は確実だ。それにたくさん産むはずだ。貧乏人の子だくさんと言うではないか、などと勝手な理屈を並べ立てた。やたらと子を産ませたがるのは、種付け、お産、授乳、そうして成長していく一日一日が驚きと感動の連続だからだ。

「子を産ませんでなんの意味があろうか。もうよかよなぁ、立派な親じゃ。なぁハヤト！」

悪童の口車に乗せられて住職の子息信ちゃんは草取り篭にウサギを入れて彼らの後に続いた。鉄夫の種ウサギと交尾させてみようというのである。

彼のうちにはさまざまな生き物が住んでいる。コッテ牛（去勢された牛）、メス豚、ニワトリ、種ウサギ、メス犬のシロなどだ。その社会でもっとも孤独なのが種ウサギだ。ニワトリ小屋の地面に置かれた箱にひっそりと生きている。上蓋もなく、ニワトリがフンをしても我慢するしかない。牛や馬は種付け役以外は去勢される。ところがウサギは去勢されず、どのオスでも種付けができる。鉄夫のそれは残念ながら身元も知れぬ雑種だ。彼はときたまメスの訪問を受けるが再訪はないし、ましてや父親に会いに来る子ウサギなどいなかった。ウサギは極端に言えば父なき子である。

カゴを下げた信ちゃん一行がやってきた。箱に入ったまま種ウサギが外に運び出された。彼は気配を感じて右往左往した。中に白ウサギを入れると勇み立ったオスはひっかいたり首筋をかんだりした。メスはまったく応じる気配はなく隅っこにへばりついたままだ。年呂は竹でこづいた。そのたびに、「キーッ！」と鳴いては隅から隅に逃げてますます堅くなった。

「青ぇ！　青ぇ！　まぁだ子じゃがな」、ということになってしまった。

「体内の太陽がほてるのを待とう。今日のところは予行演習じゃ。あまり残念がらんで！」

年呂はしきりと慰めた。信ちゃんの頭からほけ（湯気）が立っている。むしろホッとしたというべきか、あるいは初めての場面に熱いものを感じたのか、いずれにしても年呂の慰めは的外れだった。

その後、信ちゃんのウサギが子を産んだ話は聞かなかった。結局ハヤトらのように慈敬園のおいさんの向こうをはって子を産ませ、それを売ってお金もうけをしようという魂胆の子どもは少なく、かなりのウサギファンは一匹をつつましく育てて満足していたのである。

旅立ちの日

犬たちの群像

猟犬ポチ

青葉若葉が美しい。チョウも小鳥も野の花も恋の季節だ。ニワトリもこい有精卵を産み、メンドリは巣箱にこもって卵を抱く。こずえも恋をささやく場所となった。

アサヒキ（コカワラヒワ）は高木の細い枝に止まって羽根をうちふる。それが恋の合図。オスが追う。メスが逃げる。それを追う。キューイン、キューイン！　チチチチチ！　若葉芽吹いたイチョウの木、電線、それらを行ったり来たり、でもなかなか恋は実らない。そのくせ追って来ないとメスは羽根をうちふり、オイデオイデと催促する。

屋根の上ではスズメの恋。メスの背にとび乗っては降り、おりてはとびのる。次々に恋は成就する。ときには二羽がもつれあって転げ落ちる。地上すれすれ落ちたところでパッとはなれて屋根に舞い上がる。スズメらの恋のたわむれ、愛の仕草、まるで軽業師のようだ。

朝ご飯で満腹したポチは頭さえも重いと言わんばかりに前足にあごを乗せて腹ばっている。その前でスズメが恋の踊りをくり返す。うさんくさそうに目で追う。そのたびにまぶたが交互に上下する。ポチにはもはやおもしろいものなどなかった。毎日が日曜日。

反物屋はつぶれるかどうかの瀬戸際だ。ポチなんかにかまっていられない。とっくの昔から用足しの時間は鎖が外されるだけとなっている。食事の時間に帰るとそのまま繋がれる。鎖は重々しい年期入りの鉄製で黒光りし、ポチ自身の生きた歴史を伝えるものだ。

隣からはみ出したイチョウの枝は日よけにもならなかったのに、春めけば若葉が青い空に映えて、小さな庭や古びゆく母屋にも陰をつくるまでになった。

ごろんと横になったポチには小鳥の恋も恋と映らない。スズメにとってポチは死んだも同然、鼻の先の残飯をついばんだところで目の玉が動くだけの危険のない生き物であった。ポチはとろとろとまどろむ。ジェッジェッジェッ！　遠くで戯れる声が妙に明瞭に伝わってくる。チュンチュンチュン！　それはけだるさを増長させるだけの音に過ぎない。かえって静けさが深められ春の盛りの眠気が押し寄せてくる。

まどろみのさなか、突然勝手口が開いて人影が現れた。ハヤト！　ポチはパサパサとしっぽを振って親愛の情を示した。彼の手には血に染まった白色レグホンの死体が垂れていた。

「お前やろう！」

ハヤトがポチの胴をけあげようとした。瞬間飛び跳ねて隅に逃れた。

「ポチがやった！　弁償して！」

抗議に対して母屋から顔を出したかみさんは、証拠を出して、と言い張った。現行犯ではないから証拠はない。ただ、生き物を風のように持ち去る何かがいる、という噂がたえない。わずか一匹やられた程度では被害者は表ざたにしない。ところが芋づる式に話が出てくるのだ。食うためではない。相手が逃げる。だから追う。追ってくわえ、そしてかみ殺す……。それで終わりだ。それはかつてハヤトらが野や山で教えたことだった。ニワトリ、ウサギ、猫……、対象は多岐にわたっている。けれども「飛ぶ鳥あとをにごさず」のたとえどおり犯行現場は押さえられなかった。

とはいえ彼女の表情は苦渋に満ちている。ポチの習性を知らないわけはない。そんなポチをかばうおかみの気持ちは理解しがたかった。なぜならば、彼女にとってポチは厄介もののはず、と思い込んでいたからだ。だがそこにハヤトの誤解があった。ハヤトとジョンの関係がそうであったように、ポチは反物屋一家に愛されていた。ポチをかばう気持ちもそこから出ていたはずだ。ハヤトもピノの事件以来ポチを危険視したのだが、その通りになってしまった、と思った。悔しかったが抗議しただけで気を取り直すしかなかった。ポチは再び重い鎖を引きずってごろんと横になった。

野山をかけまわり、野ウサギやキジを追ったポチの青春時代は華やかだった。希望にみちていたあのころ、このような関係になろうとだれが予想しただろう。

スズメのはしゃぎ声だけが耳の奥に届いている。動いているのは時計だけだろうか。太陽がまわるから時が刻まれるのか、時が流れるから太陽が傾くのか、ポチは生涯の上り坂を登り切って、なだらかな下り坂を、速度を増しながら下ろうとしていた。

メリー

入梅まぢかのある早朝、けたたましく犬が吠えている。朝の静けさをやぶる声は遠くまで伝わった。数人がとりかこむなか、高千穂通りの道のどまん中で二頭のメス犬同士がはげしくケンカをしていたのだ。下着のまま飛びだしてきた見物人もいた。それだけほえ声はただならぬものだった。もともと犬のケンカは見る者の血をわきたたせる。退屈な町ではなおさらだ。

「ギャーギャーガオガオ!」。二頭の犬は猛り狂っていた。ほおにしわを寄せて牙をむき、首筋の毛を逆立ててくんずほぐれつの大ゲンカ。二頭とも一人の男に鎖を握られていた。その男は言わずと知れた種豚屋の主人だ。彼は通りを騒ぎに巻き込みながら、その実、楽しんでいた。やがて双方の鎖をたぐりよせ首ねっこを押さえて引きはなした。大きく胸を打ち、ゼーゼーいってどちらも収まらない。見物人が立ち去り始めてもハヤトは最後まで残っていた。呆然としているハヤトに主人は話しかけた。

「よか犬じゃろが。須木と西米良《めら》からきた二匹じゃ。梅檀《せんだん》は双葉より芳し、よ。生まれたときからちがうわい」

ハヤトは今や自衛のために強い番犬がほしかった。ニワトリだけではない。いずれウサギも危ないからだ。理想の犬が現れた、と思った。しゃがみ込んで形だけの「オイデオイデ」をしてみたが、犬はなんの関心も示さずに去ってしまった。


秋晴れのある午後、三太がハヤトを誘った。紀州犬の子を見に行こうという。あの大ゲンカをしていた犬のどちらかが子を生んだのだ。

親子がいる一軒家は東の台地にあった。木立に囲まれて静まり返ったなか、馬がいないで二人を歓迎した。厩舎《きゅうしゃ》の隣、納屋の一隅に親子がいた。柔らかい西日がさしている。親犬が腹ばったまま頭をもたげて二人をみた。耳を立てて吠えもせずしっぽも振らず、感情を表に出さない彫像のような姿であった。そのふところに四匹の子犬がいた。

親子とも落ち着いている。三太が忍び足で近づいて頭をなでた。軽く尻尾をふっただけで、子犬は目もさまさなかった。丸っこくてぬくぬくとした子犬。今しがたまで乳房をくわえていた子犬は舌を出したまま眠りこけている。乳房はみずみずしく張り、いくらでも乳が出そうであった。

ハヤトには、闘いの折の残忍な表情と母親となった柔和な表情が相いれなかった。が、いずれも彼女の本当の姿であった。激しい闘志、粘り強く闘う根性、それはイノシシと対峙するとき絶対に必要なものであった。そして一方の母親としての優しさ、飼う人に対する礼儀と信頼が柔和な顔と態度に表れていた。その子が目の前にいる。ハヤトは心底からほしいと思った。

ハヤトのウサギ飼いはその後も順調だ。流行も衰えることなく次々に子ウサギを買いにくる。メスウサギは多いときには五、六匹もいた。お産から十日後には種付けをさせる。ほぼ四〇日が子育てのサイクルである。オス一匹一〇円メス五〇円だから、平均六匹、うちメス三匹を産むとして一八〇円、メス親が五匹いるとして九〇〇円が四〇日ごとに入ってくる計算だ。常に順風満帆とは限らない。野良犬、どら猫、ネズミなど外敵との戦い、さらに、特に真冬の餌の苦労。それらを克服することが課題だ。

その一環として番犬の願いがかなった。その子は薄いキツネ色のメス。口回りだけが黒い。当然のように反対意見が大勢を占めた。特にメスであることに抵抗が強かった。発情した時どうやってコントロールするのか、それが問題だった。犬はオスの方が高価なのはその心配がないためだ。ただ、三太の父親との間で、何か困った際は引き取るから、との口約束があった。猪犬のメスだからいくらでももらい手はいるというのだ。家族がしぶしぶ了解したのはそのことがあってのことだった。「メリー」という女性らしい名前を付けて厳格な生活を始めた。

ハヤトには犬がいる。小鳥がいる。季節によって、コカワラヒワ、イカル、それにメジロ捕りもはじめている。ウサギ、ニワトリ、釣った魚などが広大な屋敷のどこかに飼われている。魚釣り、ウナギ捕り、スズムシ捕りなども季節ごとに巡ってくる。ヤギを飼おうよ、いっぱいお乳がでるよ、と言いだしたとき、それだけは勘弁して！　と顔をくちゃくちゃにして母親に反対された。もうこれ以上は思い付いてくれるな、という家族の言い分に、分かった分かった、という気になった。

ハヤトはそれらを外敵から守らなければならない。メリーには番犬としてその役目を期待するところが大きい。だから強くしたい。頬をたたく。唸りながら向かってくる。やがて噛んだ歯型が残るようになった。けれども万事おっとりとしている。番犬としての役目もはたしたし、いたずらもしない。ジョンとちがってまったくの優等生である。

吸血鬼

草食性の生き物を養った経験のある方ならば、四季折々の草の香りを覚えておられるだろう。刈り取った草の匂いは木や花の匂いとともに野の匂いの代表ともいうべきものだ。春の湿り気のある甘みのある香り、秋の熟した芳しい香り……。いずれも顔を埋めていて飽きるものではない。のちのちその香りに出会うと、季節感とともに思い起こされるものである。レンゲソウの草むらに寝転んで顔を埋めると、柔和な香りがそのまま心にも満ちてくる。森林浴があるようにレンゲ浴だって草浴だってある。

ウサギ飼いにとって梅雨はつらい季節だ。濡れた草は腐敗しがちで子は次々に死ぬ。だから梅雨が明けた青い空は心にも青く広がって嬉しさもひとしおだ。レンゲ草に代わって夏にはホトクリという稲科の草がお気に入りだ。

夏まではだれの田の畦でも許された草刈りも秋にはできなくなる。草の伸びが止まると、どの農家もわが田の畦の草が貴重になるからだ。いよいよ餌探しの苦労が始まる。牛馬には笹や稲ワラなど硬いものでもよいが、ウサギにはかわいそうだ。八百屋の大根葉はありがたいが限度がある。冬こそ試練の時！　けれども野の草木を見る目が育つ。イヌビワの葉っぱは食べるがイチジクの葉は好まない。オオバコは食べるがドクダミはだめ、といった具合だ。

星がきらめく真冬の夜、「キ、キーッ！」闇をつんざく声！　茶の間にも聞こえたほどだからいかに大きな声であったか！　それは悲鳴にも闘いの声にも聞こえた。ハヤトがすっ飛んでいって懐中電灯のライトを浴びせた。巣の隅に照らし出されたもの、それは一匹の子が血を流してうずくまった姿だった。手に取るとすでに息絶えていた。すこやかに育ち、二、三日中にも巣からはい出るもっとも可愛いころであった。

親は当然興奮している。いったい何が原因なのか？

冬は餌さえ確保できれば子育てはたやすい。その時もふっくらとした寝床に子ウサギが七匹。

技術的になんの問題もなかった。当時、ウサギには水を与えてはならない、と信じられていた。それは梅雨から夏にかけては正しい。草が含んだ豊潤な水分で充分だし、わざわざ与えても腐敗しがちだからである。一方、冬の草は乾燥している。

そこでハヤトは考えた。本当は必要なのだ。乳に必要な水分が不足したので喉を潤すために赤子の血を吸っているのではないだろうか。生き残りのために子殺しをしているのではないだろうかと。興奮するとわが子でも呑み込んでしまうウサギのことである。種族が生き延びるためには人が知りえない残酷なことでもやるのではないかと。

そこで塩含みの水を与えてみた。親ウサギはうまそうにピチャピチャとなめた。やはりそうだったのかと安堵した。また一つ学んだと思った。ところが二、三日後も同じことが起こった。

闇をつんざく鋭い悲鳴！　ダッとかけよって上ブタを払いのけて真実を知ろうとした。差し出す懐中電灯の明かりが捉えたその光景に、ゾーッと鳥肌がたった。親ウサギが前足で踏みつけるように、何かにおそいかかっていたのだ。直後、巣の付近から黒い何かが走り去った。入り口にむかって！　弾丸のようなすばやさで黒いかたまりが闇に消えていった。

ハヤトはそれがネズミであることを確信した。

話が前後するが、実は、そのウサギ箱は人の背丈ほどの高い所にあった。つまりニワトリ小屋から移して、母屋に接して廊下から直接あつかえるようにしていたのだ。ある失敗の経験から、地面から犬が立ち上がっても届かないほど高くしていたのである。いかにすばやいネズミでも跳躍して届くとは思えなかった。ところがどうやら跳躍力にものをいわせロッククライミングの要領で板壁をかけ上り、侵入しては子ウサギの血肉をものにしていたようなのだ。闇をつんざく声は闘いの瞬間に発せられたものだった。

ハヤトは怒りに燃えた。ピノがいなくなったこともあってネズミが増えていた。以来、「ネズミ捕り器」で次々に捕えては水につけて殺した。ひときわ大型のそれがかかった時、くだんの吸血鬼とみなして復讐の意図をもって殺すことにした。

すでに一番星が瞬いていた。黄昏の明かりがこもる庭先で、ハヤトは一人黙々と処刑をした。魚突きモリでこづいてよろよろになるまでいじめ、目をほじくり出して弱り切った体を水仙の青緑の葉群のなかに放った。天に助けを求めるかのように、暗い星空を仰いでクンクン鼻を回しながら動かなくなっていった。これでもかこれでもかと、じわじわ苦しませて恨みを晴らしたかったのである。

そんなわけで敵は、特に冬場にはいくらでもいた。襲撃を防ぐ手段を講じても、彼らの方もかしこくなって防衛網をつきやぶる方法を編み出した。冬はどの生き物にとっても厳しい生存競争に明け暮れる季節。春こそ待たれてならなかった。

雪がのこる野に餌採りに出かける。霧島降ろしが冷たかった。流れのない小川の縁には薄い氷がのこり、底には小魚が同じ土色をしてたたずんでいた。岸辺にはネコヤナギの銀の玉が朝日に映えて春をさきがけていた。

レンゲは一粒の種から四本八本の茎を出す。まず横に地を這って平べったい皿のように広がった後、上向きに伸びていく。もちろん人様のものだから採るわけにはいかない。だがいよいよ窮乏するとそれをやった。ほんの二株とか三株！　根と茎の間に鎌をさしこんで切りはなす。ともかくも泥棒だ。

なぜそうまでしても養うのか……そう自問するのが冬。餌がない時分には、かすかな足音にもハヤトを察知してうろうろ、金網をガリガリ引っかいて餌をほしがる。ある時ショッキングなことがあって、数日餌をやることを忘れてしまった。思い出したとき、もうだめかと思ってキュッと胸が縮んだ。ところが扉の杉板をかじって生き永らえていた。飢えにはそれほど強いのがウサギである。

耐えにたえた日、路傍にハコベを見つける。ふくよかで柔らかなそれとの出会いこそ春に足を踏みいれだ一瞬！　その日より餌採りの苦労から徐々に解放され、冬をこえた実感がわいてくる。水も温む。レンゲ草は日に日に柔らかな絨毯に変身する。みずみずしい野の草を摘めば青汁に手が染まる。いまやいくら刈ってもとがめられることはない。

ひざまでつかるほど深いレンゲ畑に大の字にあおむけになってみる。甘い草の香りにミツバチが飛び交う。おりしもヒバリが空に上がって鳴いてやまない。菜の花畑に麦畑。その先は再びレンゲ畑へと連なり、黄、ピンク、緑の色がモザイクふうに広がって春の野の先は薄青い山脈へと連なっていた。

ただただ春の野の喜びを心行くまで味わえばよいのがこの季節であった。

春を寿ぐのはハヤトだけではない。原っぱのひと隅には数人の年寄りが腰をおろして空を見上げている。傍には白い布で覆ったカゴが数個。中にはヒバリの幼子がいて、空高くさえずる親ヒバリの鳴き方を学ばせているのだ。どの親でもいいわけではない。これぞ、という秀でた鳴き方をするそれを探せるかどうかが優秀な揚げヒバリに仕上げられるかどうかの分かれ目なのである。

西空が白く輝いて日も傾く。馬を引く男が河原に向かう。野良仕事を終えた彼らはひと浴びしてから家路に着くのだ。すでに先客があった。黒い和牛が浅瀬に入って水を飲む傍ら、主人がその背に水をかけている。労わりあった彼らが帰路につくころ、示し合わせたように二、三の釣り人が訪れる。夕まぐれのひと時の瀬釣りは忙《せわ》しない釣りである。滑らないよう足裏で瀬の底を確かめて上流下流に移動しながらポイントを探し、両腕を使って次々に釣り上げていく……。落日が映えて川面は金色にかがやくなか、逆光をうけて立つ黒一色のシルエットの動きが美しかった。竿をふりまわすたびに、竿と道糸が一瞬曲線状に光る。竿がしなって白銀のハヤが舞い、放物線を描いてタモ網に消えていく。

今やヒバリの声もない。時を忘れていつしか月が水面に砕け始めた。とっぷり暮れる前には腸《はらわた》を出して川を上がらねばならない。家路を急ぐ後ろから月が追いかけて、「……ピーピョロロロロ……」、岩間のせせらぎからはもの哀しいカジカの鳴き声が聞こえてくるのだった。

ひたむきな春

夜間道場

昭和二九年春、年呂は中学校を卒業して地元の製材所に勤めに出た。ハヤトは中学二年生。いつの間にか子どもの頂点にいた。

町の外れに柔道の夜間道場ができた。道場主は広島弁の新藤正登六段。ハヤトも街灯のない暗い道を自転車で通った。町道場のよさはおとなも子どもも一緒に練習することだ。中学生はおとなに交じってきたえられた。高校の猛者も来ていた。社会人の人生談義はおもしろく、ハヤトにとっては広い世間を知るきっかけとなった。くつろいだときには師の弟に当たる新藤兼人映画監督の話もでた。立ち居振る舞い、稽古着のたたみ方、師の柔道は、礼に始まり礼に終わる、美を求めるものだった。

対抗するように、もう一つ道場が開かれた。先生は二七貫（およそ一〇〇キロ）もある体をハヤトの顔に乗せて、「さぁ起きてみよ」という。汗ばんだ腹がぴっしりとハヤトの鼻をふさいで呼吸ができない。手足も動かせず「参った」の合図もできない。まるで「窒息固め」だ。

警察にものこのこ出かけて警察官の胸を借りた。冬には公民館に畳を運び込んで寒稽古をやった。早朝まっ暗なうちから数十人が集まって乱取《らんど》りをする。練習がすんでいただく暖かいおしるこが楽しみだった。ハヤトが参加する道場は四カ所になった。山歩きで足はめっぽう強く鍛えられていたせいで上達は速かった。

高校では駅伝の訓練をやっていた。小林高校の初の全国制覇まであと三年。もはや戦後ではなく青雲の志といった雰囲気が町にみなぎって、皆が一緒に上り坂を駆け登ろうとする高揚した気分があった。

しっかり勉強せよ、という言葉が学校でも家庭でも増えてきた。家事など手伝わなくてよいから、といわれないのが救いだ。火の起し方、包丁の使い方、研ぎ方など万事、家事を通して学ぶからだ。

大地の輝き

桜は散って若葉の季節、ハヤトはいつものように放課後、愛宕さんで遊んだ。山腹には細い道が縦横に走っている。そこで草スキーならぬ「車下り」をやる。子どもの三輪車に片足を乗せて斜面をガラガラと下るのだ。

「どれ！　オレにもやらせろ！」

ハヤトは子どもから三輪車を取りあげて高い所に上った。たくさんの子どもが下で見守るなか、片足をかけて下る。加速度がつく。「ガラガラガラッ！」木の根が横たわるデコボコ道。

ガーンとはね、体が宙を舞い、もんどりうって地面にたたきつけられた。瞬間、ハヤトの視界に空が広がった。青い空、ではなく真っ白な空！　足に激痛が走った。

上級生に支えられて片足で立つ。一方は地面に触れることもできない。泣かずにがんばった。呼吸が乱れて血が引いた。めまいがする。小脇を抱きかかえられて疎水にたどりつき、水で冷やしてみた。見る間に足首の一部がプックリとふくらんでひろがっていく……。

翌日は象の足のように大きくずん胴になり、ついに重病だろうということになった。

ちょび髭先生は言った。

「腓骨《ひこつ》がポッキリじゃ。まぁ痛いが我慢せよ。折った方が悪いんじゃからな」

診察台に仰向けになった。縮もうとする筋肉に沿って折れた骨が重なり合っている。それを伸ばして骨折面をもと通りくっつけなければならない。看護婦らが四方から体を押さえた。先生が片足を診察台にあげ、ハヤトの股の間に突っこんで、つっぱると同時に両手で足をギュッと引っ張り、そのまま足首を直角にねじった。それは激痛を伴うものだった。接合面が合致した状態でギブスをして固定した。ギブスはあらかじめ四〇日と決められた。

こうしてハヤトは生まれて初めて不自由な体になった。風呂は片足を上げたまま入る。ウンチはおまるを作った。学校には勝と鉄夫、弘一がリヤカーで連れて行ってくれた。二キロの距離は松葉杖では遠かったのだ。

時は春、ウサギの餌はいくらでも手に入る。そちらの苦労はなかった。レンゲ畑に放して遊ばせる。かえってきめ細かな世話ができて楽しかった。やがて腫れがひき、ギブスの内側はノミの住み家となった。松葉杖で曲芸まがいの動きができるほどになった。予定通りギブスを外すと細くなった足が出てきて、これがおれの足かと思った。しばらくは筋肉が硬直して足首が動かなかった。骨は節くれだって固まってしまった。

びっこのまま走れるだけ走ってみた。うす緑の麦が優しく風に波打ち、樹木がそよいでいた。巡り巡って彼を待つものがいる裏庭に来た。かたわらに柿の木が立ち、ニワトリ小屋に緑陰を落としている。ウサギたちは彼の気配にうろうろした。ハヤトはあたかも母親のような存在だったのだ。彼もその役割にすっかり満足していた。元気やね、楽しそうやね、一匹一匹に言葉をかけて温かいまなざしを与えていった。

なぜか世の中が輝いてみえる。柿の葉のなまめかしさに心がさわいだ。毎年見てきた柿の木とその茂り。けれどもいつもとちがった。今まで見たどれよりも美しかった。

カタツムリが幹に這っている。せおった殻にはうす黄とこげちゃいろの帯がうずまき、内が充実してみえた。伸びて這う体はつややかにぬれ、角をだし、先端の光る目が空を泳いでいる。のびやかに歩み、跡には這った腹の線が光った。

いつも通りなのに、美しかった。春になれば葉がいっせいに茂るなんて当たり前なのに、美しかった。黄ばみが増した空。暖かい風は優しい。小屋にはウサギが寝そべっている。何もかも同じだ。なのに何もかもちがった。心に聞いてみた。

（何がちがうのだろう？）

それに答えることはむずかしかった。嬉しさがこみあげてくる。みずみずしい感覚！　なにはともあれ、ハヤトは彼がたたずむ広がりをこのように美しいと思ったことはかつてなかった。そう荘厳に感じることが不思議だった。何気ない自然にそれほど感動することが不思議だった。あらためて彼は庭をながめまわした。味わいを失わないように心に刻みながら庭から表通りへと進んでいった。日が斜めに射していた。愛宕さん全体が若葉いっぱいに膨らんでいた。黄味がかった光が柔らかい。樹木の一枝、葉っぱの一枚に至るまで祝福されているようだった。風が吹く。葉がめくれて美しくありがたかった。

ハヤトは一四歳……。

自然への強い感動を覚える内なる力が涌きはじめていたのだ。その感動はずっとあった。けれどもこのたびのように内から突き上げる喜びは初めてだった。路傍の石でさえ心のなかで忽然と光りはじめることがあるように、一切の大地の姿がとてもありがたく美しかった。大地が、泣こうが叫ぼうがありのままを受け止めてくれる深いふところのように、温かくなつかしいものに感じられた。

美しさはもともとあるのだ。それを美しいと感じることができるのは力あってのことだ。それは命から涌きだす力だ。ハヤトにそれまでとちがった力が生まれ、今吹き上げているということらしかった。

ガラッパ相撲

「ゴーン……ゴーン……」

中秋の夕刻、東の空にお盆のような銀色の月が姿を現すころ、お寺の鐘突き台から六時を告げる鐘がなる。それを合図にホラ貝の音がとどろき始めた。

「プーッ、プーッ、プーッ！　十五夜じゃぁ！　はじむっどぉ！　みんな、でっけぇ！」

相撲大会の参加をよびかける音声が通りを這い屋根を越えて広がっていく。

寺の境内から主催者数人が麻綱をゾロゾロと引いて町にくりだした。直径四センチ、長さは優に三、四〇メートルはありそうな太く長い綱である。それらホラ貝、麻綱など道具一式は浄信寺にしまってあるもので、年に一度中学生が使うことになる。

「プーッ、プーッ、プーッ！」、目から火が出るほどまっ赤になって吹く、そのホラ貝の音が近づくと、家で待機していた子どもらは次々に飛び出して行列に加わった。白シャツと白のパンツ。小学一年生から中学一年生までが一本の綱にぶら下がって白い大ムカデのようだ。

「とまれぇ！　綱引きじゃぁ！」。一丁目と二丁目の境では綱引きをやって勝った方が鬨の声を上げた。それが大人たちを相撲見物に向かわせる呼び水となるのだ。豆力士たちは綱を持ったままぞろぞろと愛宕神社の鳥居をくぐり、タブノキの下の土俵を囲んで座った。昼なお暗い竹林や大楠、椎の木が相撲場を見下ろしている。

愛宕さんの西の階段の広場ではさまざまな相撲大会が開かれた

ところで、中秋の名月の奉納相撲は、町内会ごとに中学二年生が主催者となってその手でやるのが慣わしだ。学校の先生は見物に見まわるだけでなんら干渉しない。という訳で、ホラ貝を吹いた少年らは次は行司役となって一切を取り仕切る。まずは土俵開きだ。前もって土俵の中央に作られた円錐型の築山には、ススキやクリ、ハギ、オミナエシ、キキョウなど秋の七草が生けられている。中二組がそれをとりはらい、シラスを盛り上げた築山を崩して土俵に敷きつめた。新鮮なシラスは湿り気があって足に心地よかった。

豆力士の数は学年ごとに違う。昭和一九、二〇年生まれは少なく二、三人。二三、四年は一〇人を越える、といった具合だ。力士の数は小一から中一まで総勢五、六〇名になろう。

相撲場は愛宕さんの西ふもとにある。土盛りした土俵があり、円形の勝負俵に、東西南北には徳俵を配した本格的なもので、毎年霧島一帯の馬車引きなど力持ちが奉納試合を行った。

昇り初めの月の明かりは山の陰になって届かない。カーバイトランプが青白く辺りを照らしている。日焼けした豆力士が白っぽく浮かび、背後に見物人の目が光る。ウチワでパチパチ藪蚊を追いながらの見物だ。

手始めに小学一年生に一対一で相撲をとらせる。次第に見物人が増え、いつの間にか三重四重の人垣ができていた。いつものおてんば娘もまじって黄色い声援を送った。高学年になるにつれ、五人抜き七人抜きをやる。月の明かりが差し込むころが最高潮だ。

「はっけよい、のこったのこった!」

「きばれー!」

「むつお、まけんな!　ひん投げー!」

相撲用のまわしなんてなく、小学生はパンツ一枚だ。上手をとられるとビリッと破れることもある。二年生の忠君はパンツを引き下ろされてしゃがみ込んでしまった。小さなのがチョコンと現れて泣きだしてしまった。泣きべそをかきながらパンツを引き上げると、しっかと立って負けの挨拶をした。大歓声があがった。彼にもご褒美の一等賞が与えられた。

まともな相撲の手を知っている者などいない。無手勝流だが、そこは学校の昼休みに鍛えた得意技がある。背の低い者は下にもぐって相手の胴をかかえ、背中に乗せて後ろにひっくりかえる。だれしもやせっぽちだが、山歩きや水泳、それに「蹴り馬」で足腰を鍛えている。
「蹴り馬」というのは、校庭でする男子の遊びだ。

人が作る「馬」の背にとび乗ったり、乗った者をふるい落として蹴ったりする荒っぽい遊びである。「馬」は三人で作る。二人が同じ方向を向いて立ち、もう一人のA君が腰を折って二人の間に入って二人の胴体をだいて一体とする。A君が馬の背になるわけである。立った二人はA君の首と腕を支えている。

大勢が円陣になって馬をとりかこむ。元気者が勢いをつけて馬の背にとびのる。その上に次々に飛び乗る。馬は馬で、乗ろうとする者を後ろ足でけろうとする。けられた者が次回の馬になる。けられずにとびのるところにスリルがある。次々に重なって乗る。初めに乗った者は息苦しいし座り方が悪いと「タマ」がつぶれそうで痛くてならない。だから最初に乗るには勇気がいる。

滑り落ちるときにけられる。けるとき馬は一本足になるので腰がくだけることが多い。すると最初から馬を作って出直しだ。だからけるにも勇気がいる。足腰を鍛えた男の子でも四人五人乗せるとつぶれてしまうのだ。

馬をつぶしてしまうのが乗る者の狙いだ。乗った者の上によじ登り高らかに凱歌を上げる。あたかも騎手が馬を全力疾走させるときのように体を大きく前後にゆすると、馬は耐えられずにガラガラと砕けてしまう。一方、馬の背になったA君にも作戦がある。まず三、四人を乗せる。頃を見計らって腰をヒョイと降ろしながら同時に一方に振る。するとなだれを打って乗者は落ちる。そのとき残らずケッとばすのだ。

一番先に跳び乗る者は勇者の名誉が与えられ、またスリル満点の楽しさを味わえる。苦しいけれども耐えて生還する……。そのことはかっこういいことだったたし、何よりも強い体を作るいい機会だったのだ。そうそう、あまりにも当たり前の話だが、相撲にも蹴り馬にも大和なでしこは加われない。

次第に高学年になってぶつかり合いも激しさを増す。そうして行司が仕切る一対一の勝負が終わると「ガラッパ相撲」に移る。七人抜きとか十人抜きをやるのだが、行司ぬきで、勝った者に対してだれでもどこからでも挑戦できる。一対一の相撲は、ある瞬間にエネルギーを集中させるが、ガラッパ相撲はゲリラ戦で神経の使い方がまるでちがう。ちなみに、ガラッパとは、薩摩地方の方言で、「河童」のことである。河童は不意におそって足を引っ張るところからガラッパ相撲の名がついた。

力士が立ったまま土俵を取り囲む。誰でもいい、まず二人が相撲をとる。勝負が決まった直後、次の相手に挑まれる。睨み合いなしで、後ろから、斜め横から飛びかかってこられる。だから彼は四方八方に気を配らなければならない。真後ろから腰にからみつくなど弱いなりにいろいろな手がある。だから十人も勝ち続けるとなると、よほどの実力がなければならない。敏捷で目配りがきいて力も技もある者が勝って勝って勝ち抜いていくことになる。ルールはただひとつ、勝負はあくまで一対一でやること、それだけで、行司は遠くから勝ち数を数えているだけとなる。

最高学年の中学二年生は出ない。ヒーローは下級生に限られた。そうして新しい勝利者が生まれる。ガラッパ相撲が終焉に向かうころは最高潮に達して、同時にその年の相撲大会も潮時の雰囲気が漂いはじめる。

ハヤトはみなが楽しんでいるのをみて胸が熱くなった。つつがなく行事をやりとげられそうだった。中学二年生が一切を取り仕切り、それを境に彼らは少年の世界から足を洗っておとなの側にたつ。だからこの行事はイニシエーションの意味をもつ。ハヤトも、子どもとしての最後の務めを立派に成し遂げたかった。

当日までに土俵作りとご褒美を準備した。最大の仕事はその賞品を買うためのお金集めで、一級下の者を連れて寄付をいただきに町内を一軒一軒をまわることだった。下の者を連れていくのは翌年へ引き継ぎとしてやり方を習得させるためである。電灯の光が庭の草木をおぼろに照らし、「スイーチョンスイーチョン、チンチロチンチロリンリンリン……」、虫の音が秋本番を告げていた。手分けしてシラス採りや秋の七草を採りに行ってお供えもした。そうして名月の夕刻、ホラ貝を合図に始まる大会の日を迎えたのだった。

この日を境に大人の側に立った少年たち、その先には、都会に出るなり高校に進学するなり地元にのこって働くなり、それぞれの道が待っている。「冬来たりなば春遠からじ……」、希望をあたえるはずのその言葉は、この際にかぎって、別れにいろどられる「春」こそ遠からじ、の感があった。

夜も更けて今や満月が土俵を照らしていた。ガラッパ相撲がすむころ終了の合図を待たずして見物人は去り始めた。楽しかった、見ごたえがあったよ……、カーバイトランプに照らされた誰の顔にもそう書いてあった。

月の光のもとで少年らは後かたづけをした。黄色い声援が耳の奥で鳴り響いている。巨木に囲まれ森閑とした夜更けだ。親しい者だけのなかで、ハヤトはやっといつもの自分に帰ったような気がした。急速に秋の涼しさが増してひとつの終わりを感じていた。集い、そして別れるところに一抹の感傷を覚えずにはおられなかった。せつない気持ちが尾を引いている……。

十五夜の相撲がなかったとしたら、切なさも嬉しさもなにもなかったであろう。相撲をしてよかったのだ。切なくてもそのほうがよかった。

そして今、親しい者だけが残っている。できは上々よ！　そう声をかけあうなかに志保らもいた。カーバイトランプに照らされた顔はいつものおてんば娘とはちがってみえた。薄ら青い顔に目が輝いて、濡れるような黒髪には少女から抜けだしたなまめかしさがあった。ランプの光が弱まると月の光が頼りだ。真上からさすその光が夜更けを告げていた。もう帰らねばならない。小道具を手に手に相撲場を後にして参道に向かった。

男女がともに月の光のもとを歩くなんてハヤトには生まれて初めてのことだった。雲足が速い。斜めに登った月がかげったり照ったりした。

人生に感傷を覚えるのもこの時が初めて。岐路や別れがあることを自覚するのも、恋する気持ちを知るのも……。それが中学二年生。一四歳を幸せだったとふりかえることができる者は、よし、その後の運命がいかにあれ、きっとそれだけで幸せ者だ。

火の用心子ども隊

霧島おろしが冷たい季節になった。大空は澄みわたっている。日暮早く東の空に大きなオリオン座が現れ始めると、もう初冬。回覧板は火の用心の夜回りに参加する少年少女を募っていたが、その年、ハヤトは後輩たちに役目を譲って参加しなかった。

皆で夜回りする素晴らしさは、奉仕活動をしていることへの満足感や地域のぬくもりを感じるところにある。懐かしい思い出もある。先輩の一人はハヤトに星座の名前を教えてくれた。あれがオリオン座のリゲル、おおいぬ座のシリウス、おうし座のアルデバラーン……。首が痛いほど夜空を見上げて指さし教えられた星座と星たち。その時、土を踏み固めただけの道はすでにカチンカチンに凍っていた……。

その夜ハヤトは子どもから脱皮して大人の側にいる。一人机に向っていたところに樫の木を打つ音が地を這って届いた。たまらなく懐かしかった。心のぬくもりがよみがえって、一緒に回らなくとも励ましてやりたい、との熱い想いがこみ上げてきた。彼は暗闇の表に跳びだしていた。

ところが、ちょうどよかった、声がいま一つ小さくて、などと誘われて一緒に回ることになってしまった。ハヤトより首一つ小さい子どもがほとんどだ。それをリーダーの文具店の馬場さんが率いている。

カチカチの音は夜の底によく通った。路面が凍ると下駄の音もかん高くなる。そんな夜は霜柱が伸びて翌朝はいい天気になるにちがいなかった。眠りかけた町は吸い込まれるような闇に覆われ、ところどころに明かりがもれている。暗い足元を懐中電灯が丸く照らす。はく息が白く流れていった。互いに何も言わないけれど、しんしんと冷え込む大気のもとでほのぼのとした気持ちが通いあっている……。

真冬の天空には星々が雲のように広がり、星座をなす星たちがひときわ強く光っていた。あぁ、オリオンか……いつもの嬉しい出会いだ、ハヤトはつぶやいていた。大空の下のちっぽけな自分たち……。肩を寄せて十数人がこうして星空のもとをゆくと、自分がいかに小さな存在かがよく分かる。だがそれ以上に、壮大な宇宙、星たちを知っているのがちっぽけな自分たちだ。何か不思議な想いがした。

「ヒノヨージン！」カチカチ。数歩歩んで、「マッチ一本、火事のもとぉ！」カチカチ！

「ごくろうさま」「おつかれさま」、ねぎらいに混じってガラガラと雨戸を閉じる音。時には焚火《たきび》の消え残りが火を盛り返していることがある。こんもりと積まれた枯れ草の真ん中が赤々とほてっているのだ。近くには人家がある。木枯らしに火の粉が飛ばされて大事に至る恐れがある。そんなときには疎水から水を汲んでジュージューと消してしまう。青白い煙が闇に上がって消えていく。あぁ、今日は一つ役立った、来てよかった！

小林は火事が多い町であった。記録によれば、昭和二（一九二七）年、六三〇戸で、罹災者は三千人、昭和三年は八五戸、四年には七〇戸、そして七年には二三七戸、罹災者一二六九人。だから、不名誉なことに、全国一の高い火災保険料の町といわれた。木造の家が軒を接し、薪炭を中心に火の気が身近にある。そのうえ冬には乾いた霧島降ろしが吹いていったん燃え上がると油をそそいだように広がりやすかった。ビュービューと霧島山から寒い風が吹き下ろす夜など火の手が上がると火が火を呼んで次々に延焼してしまうことになる。

製材所から火が出ることがよくあった。不謹慎なことをいうようだが、燃え上がる光景は遠くからみると美しかった。オガクズが燃えると細かい火の粉の柱が真っ暗な空に高くなお高く舞い上がり、その周りが赤紫に染まり離れるにしたがって、次第に暗い、いつもの空となっている。どこまで高く舞いあがっているのか見極めきれなかった。そんな、いくたびもの火事の経験が夜回りをする動機になっていたのだ。

その季節が終わるころ、子どもらはリーダーの馬場さんから表彰されご褒美をいただいた。彼は社会奉仕活動を通しての子ども教育に熱心で、冬になるとこうして子どもを集め、自ら先頭に立って「火の用心」に回った。九時ごろから遅い時刻にかけて、カチカチと樫の棒をたたきながら出歩くのだ。そのころ街灯はない。懐中電灯だけが頼りだ。漆黒の闇、かすかに電灯の光がもれる。その家に向かって、「ヒノヨージン！　マッチ一本、火事のもとぉ！」カチカチ、黄色い声を張り上げる。本当に役立っているのかどうかは分からない。そこに、「ご苦労さぁん」と声がかかると誰しも嬉しくなった。

参加した子らも、幼いころうたた寝をしながらカチカチを聞いた組である。こたつの火も弱くなり、針仕事をしていたおばばはその手を休め、そろそろ寝ようか、明日も早いし……、と、布団を敷いているところにかん高い声とカチカチが遠くから聞こえて来る。膝元で子どもは眠りこけている。昼間のいたずらは憎いほどなのに寝顔のあいらしさ！　布団に運ぶ体はずっしりと重くなっている。

おばばがピンクのほおにほおずりするとかすかな寝息……。いよいよカチカチの音が鋭くなって、コタツを掘り起こすと灰の中には弱い橙色の燃え残りがあった。用心にも用心を、と灰を厚くかけると急に背中から冷えてくる。柱時計が、コツ、コツ、コツ。しんしんとした静けさ。この子もあと何年すればあれに加わって、と指折り数えてみたりした。ジーッ、ボーン、ボーン、ボーン、……ボーン。十の音を刻むと、そろそろ大人も就寝の時間……。あれから何年たったことやら、子どもは誇らしげに今日の仲間に加わっている……。

火の用心の夜回りは冬の間中続く。その夜その夜の警戒が必要だから寝入りばなを狙ってカチカチ注意を呼び起こす。子どもたち火の用心グループはいくつかの班を編成して交代で参加する。

ハヤトも時々様子を見に出かけた。ある夜めずらしく女の子が多い隊列があって、引率として女子中学生が加わっていた。なんと志保であった。中学卒業間近の生徒が参加しているのは、たいがいハヤトと同じ気持ちからで、心のぬくもりが懐かしかったからである。

志保はハヤトを弟のように思っていたころがあった。一時志保はハヤトよりも頭一つ背が高かった。女子の方が男子よりも早く成長期が訪れるし、おまけに一学年上だから当然だった。彼女にはハヤトを見守るような優しさがあった。普段は口もきかない男女の間柄なのに、二人だけは兄弟姉妹のように言葉を交わした。

かつてブランコ遊びをしている時、ある子が墜落してケガをした。泣きじゃくって帰った彼が、ハヤトがわざと落とした、と親に告げたのか親が誤解したのか、早合点した親が怒鳴りこみ、危うく大人も巻き込んだ争いになろうとした。その一部始終を子守をしながらみていたのが志保だった。抗議する相手に向かって敢然として志保はハヤトをかばった。

以来、濡れ衣を晴らしてくれた彼女にハヤトは深い感謝の気持ちを抱き続けている。シラスの崖崩れの折も相撲大会での折も、彼女を思慕するような視線を投げていたのはそのせいなのだ。

その彼女が夜回りにきていた。彼女は意外なことをハヤトに言った。

「うちがウサギを形見にあげる」

だしぬけに言われ、「なに？」と聞き返した。ウフッと含み笑いをしただけでそれ以上は語らなかった。ところが、形見とは亡くなった人の思い出の品！　そうハヤトは誤解していたのだ。寒空の月の光のもとでつぶらな瞳に暗いものは微塵も感じられなかった。あんたのウサギじゃと？　何を言い出すのか理解できなかった。彼女はハヤトのウサギマニアのことはとっくの昔にご存じだ。それがよりによってウサギだと。

「取りに来て……」

言ってしまうとハヤトの耳元から離れ、「ヒノヨージン」カチカチ、隊の一員に戻った。謎めいた何かを感じたがしっこく聞きだそうともしなかった。

結局、後日ハヤトは生後三カ月ほどのウサギを引き取った。彼女にしてみれば、与えたことになるのだが、彼には預りもの、という想いが残った。レッキス種のウサギである。黄金色というか実った稲穂、キツネ色に近い。その種のウサギは初めてだった。滑らかな毛並みはさすが女性のきめ細かい世話で育っただけあった。

ただ、これまでウサギ飼いはもっぱら男子の趣味、というのが常識で、女子が飼う話は聞いたこともなかった。だから不自然ということだったのだろうか、やめたいだけのことをハヤトに押し付けたのではないだろうか、とも思った。だが、なぜ形見なのか……。

友の旅立ち

心の奥ではかすかに気になっていた。ときおりその言葉が浮かんで胸がうずいた。そして正月。朝日のもとに蠟梅が匂い、サザンカがやたらに咲き散り、白梅が香り、紅梅も桃も開いた。ハヤトだって忙しく柔道の修行に励んでいたから志保のことなど、努めて忘れようとしていた。やがて春分をすぎて急に明るくなると一級先輩たちの晴れの出立の時を迎える。小学生、中学時代にお世話になった先輩を祝福して送らなければならない。

桜の開花はそこまで迫っていた。公民館で「集団就職壮行会」が盛大に開かれ、そして翌日いよいよ旅立ちの日となった。その朝、駅前の広場は多くの人でごったがえしていた。

黒っぽい地味な服装にまじって、清楚な学生服、セーラー服の少年少女、その足元に赤や白の真新しいバッグが見えがくれしている。やりくり算段して親が新調してくれたものだ。引率の先生が点呼や持ち物の確認に走りまわっている。黒ぶち眼鏡、ちょび髭の校長先生が踏み台に立った。おでこに朝日が当たってテカテカ光っている。首一つ抜きんでた先生はマイクをボンボンと叩いて音がでることを確認した。

「ご父兄どみださば、お見送りどみださば、ほっじつはまことにご苦労さばでござばす……」

ここで校長はおもむろにハンケチを取り出して鼻をかんだ。

「失礼しました……こうして若人が巣立つに当たりまして、教員たち学校を代表いたしましてひとことごあいさつを申し上げます……。多くの友だちが高校進学、地元ではたらくなかで、みなと別れてこれから国のため産業発展のため、都会に出てはたらく子どもたちです。いつまでも絆をつようして励ましてやってください。出発する諸君！」

「チー、ツルッ　ツーチー！」

人だかりの中から突然メジロが鳴きだした。時ならぬ声にざわめいた。どの視線もいっせいにそちらにそそがれた。鳥カゴはだれかの足元に置かれていたはずで、もとより見えなかったが、だれしもそれがメジロであることを知っていた。それにしてもすばらしいさえずりだ。一瞬挨拶を中断した校長先生は、ン、つばを呑み込んで再開した。

「諸君！……」何を言わんとしたんだっけ……、そんな表情で先生はメジロの方にもう一度視線を向け、再度鼻をかんだ。一息ついで思い出したようにつづけた。

「みなさんは一足先に都会に出ることになりました。今日は多くの友だちが見送りに来てくれましたが、向こうでもたくさんの先輩が待っちょいます。安心して出発してください。ふるさとで育った誇りを忘れることなく、家庭や学校や友だちと学び遊んだことを胸にしっかりきざんで頑張ってください」

はなむけの言葉は素朴であるだけにジーンとくる。校長の鼻声は風邪のせいか涙のせいか分からなかった……。それに比べてメジロの声は春を謳歌する張りがあった。ざわめくほどメジ口は負けじと鳴き返す性質があって、注意事項を引率の先生が述べる間も鳴きやまなかった。式が終わると子どもを先頭にぞろぞろと駅舎へ移動した。改札口を通りぬける。

プラットフォームに柔らかい風が吹いている。青い空、白い雲。南には霧島の山々が淡くよこたわりその裾野が駅までつづいている。ツバメがスーイスーイ風に乗って曲線を描いている。人だかりに驚くふうもなくプラットフォームの屋根裏の巣に出入りした。

もうからツバメ！　それをみて感慨を覚える者は一人や二人ではなかった。少年少女らはひ弱な翼のまま遠い世界に飛び立たねばならない。なんとか大海原を越えられたにしても幸いの地が待っているだろうか。

列車は長々とした黒い車体をホーム北側の線路にとどめ、先頭で黒煙を吹き上げている。それは田舎から都会に出る特別仕立ての臨時列車であった。

戦前、風雲急を告げるころ生まれ、戦後、夷守山のふもとをふるさととして育った子らが中学校を卒業して都会に集団就職する。その見送りの哀歓にみちた集まりはここ数年の年中行事となっていた。お昼前に小林駅を出発する。都城まで一時間、そこで新たな仲間を乗せた列車をつないで青井岳を抜け、宮崎駅から日向灘を北上して夜を迎える。単線だし各駅停車だから時間がかかる。門司で朝を迎え、それから関門鉄道トンネルをくぐればいよいよ本州……。

地続き同然なのに門司からはさらに遠かった。昼間延々と山陽本線。夜になって大阪、そこで半分ほどの友だちがゴソッと抜ける。次いで愛知県一宮へと、列車はあどけない少年少女の運命を運んだ。その旅の心は、今日ならば地球の裏側に行くほど遠いものであった。

風がやんだ。黒煙がもくもくと立ちのぼり上空に止どまって地面が暗くなった。だれしも煙が目に染みて白いハンケチは心もち黒ずんでしまった。プラットフォームでもメジロが鳴いている。風呂敷に包まれた鳥カゴが旅行バッグに交じっていた。声はそこから発していたのだ。

そのころ、ハヤトは息を弾ませて駅に向かっていた。待ってくれ！　列車よ待ってくれ！　祈るような気持ちで走った。ハヤトも柔道の先輩を見送るつもりであった。胸をかり、汗をかきあった先輩の門出を祝うといえば切なかった。が、予定の時刻は知りながら遅れてしまった。まぎわになって準備したっておそい！　分かりながらそうしてしまった失敗を悔やんだ。

プラットフォームは立錐の余地もないほど込みあっていた。いくつものグループが別れを惜しんでいる。大人はたいがい黒っぽい服装だし、女性は着物姿がほとんどだった。久し振りに出会って挨拶を交わす人たち。談笑のなかに漂う哀感。心は悲しみいっぱいなのにつとめて笑っていた。

その風景をよそにときおり背伸びをし、つま先立って誰かを探す少女。なかなかその人はこない！　その上を春風に乗ってツバメが軽やかにスーイ、スーイ。こぎれいなセーラー服に白の靴下。彼女を囲んで親兄弟と紋付き姿の祖母の姿があった。

ハヤトは急いだ。なぜもっと早く言ってくれなかった？　知ったのは一昨日の午後、所在なく足の向くまま愛宕さんに登った時だった。北にはうっすらと九州山脈が横たわり、その淡い山並みは、山のあなたの空遠く……、あの詩がうたった憧れをハヤトらの胸にかきたてるものだった。何気なく北の端に寄った時、思いがけなくも志保に出会った。いつもは気丈な彼女がいつになくうち沈んでいた。どうしたん！

ハヤトは彼女が卒業後どうするのかまるで知らなかった。中学生になると男女は口もきかなくなる。知らぬふりをするのが日向薩摩のしきたりだ。だから無関心を装って時は無為に流れてしまった。思慕する気持ちがないといえばウソになる。参道のイチョウの木から降りたとき靴を揃えてくれたのも赤ン坊を背にしてあやしていたのも彼女。一段と成長したそのつぶらな瞳が、行くことになったのよ、そう語っていた。驚きに胸がなる。形見とはその意味だったのか！　もう時間がなかった。彼女は遠くに働きに出る。今度はおいが形見をあげる番じゃ、彼は思い出の品には何がよいか想いをめぐらせたが、何一つ思いつかなかった。

列車の乗降口に出立の若者が集まり、見送る者が囲んだ。だれかが大声で説教を始めた。

「いいか、忘れるなよ、あの山を忘れるなよ。いつも君らを見つめてるからな」

朝からアルコールが入っている。

「汽車に乗り込んで下さぁい……」

人がうずまいて若者たちが車内に消えて、やがて一つの窓から三つも四つも顔が出て、なんぼんもの手がホームから伸びた手とつながった。

突然だれかが校歌を歌い出した。アルコールで赤らんだ顔のゲンコツ先生が素手でタクトを振っている。歌は重なり大きな輪になっていった。

新しき世の　鐘鳴りわたる
ひんがしの空　もゆるのぞみ……♪

歌が終わるころ必死で止どまっていた汽車も出発しなければならなかった。流れる「蛍の光」を歌声が打ち消すほど大きくなって一番の歌詞に戻ったところで、ボッ、ボーッ、汽笛がなった。

ハヤトはプラットフォームに駆け込んだ。手にはびっしり花を生けた小さな花瓶がにぎりしめられている。赤い椿、白い梅。形見にしてはあまりにはかないものだった。彼はそれをかざしながら群衆をかき分け泳ぐように先に進んだ。のどがカラカラ。足がガタついた。ガタン、ガタガタン、無情にも音を立てて列車は動き出した。

「万歳！　ばんざぁい！　ばんざぁい！」

ホームの先へ先へと人は移動した。元気で！　がんばって！　体に気をつけて！

思い思いの言葉のうねりが重なりあった。汽車はスピードを増して右にカーブを描きながら東へ走る。黒い車体の窓にいくつもの顔、顔。ハンケチが振られ、小さくなっていく鈴なりの

現在の少し淋しいJR九州の小林駅プラットホーム

あどけない顔を柔らかな春の光が照らしていた。ハヤトはついに先頭にでた。手を差し伸べて花を高く上げた。

土手の先に汽車が隠れたところで、ボッ、ボーッ、再び汽笛がなった。声にならないどよめきが行き場を失ってホームにただよった。

昭和三〇年春三月末のことだ。

昭和二十年代半ば、戦後復興にはずみがつきはじめたころ集団就職が始まった。人手余剰の田舎から大都市へ中学卒の少年少女を乗せた就職列車が臨時増発されるようになった。いうまでもなく九州からは北に行く列車をのぼり列車、北海道ならば南へ行くのをのぼり列車という。集団就職列車にくだり列車はなかったのだ。

純情にして輝く瞳を持った少年少女。まじめですなおで粘りづよい子どもたち。ハヤトの仲間の評判はすこぶるよかった。よい奉公人で、雇用主にはありがたいことであったという。その理由の一つにふるさととの強い絆があげられよう。

たとえばの話、当時、ゆめ恥ずかしき卒業式であった。ピアノの序奏に続く「仰げばとふとしわが師の恩……」。後は声にならず、女の子のすすり泣きが次々に広がって皆のハンケチはくしゃくしゃになった。それは、学園生活のみならず、貧しかったけれども温かった地域社会、みずみずしい自然との交流、そういったふる里すべてを追憶してやまぬ涙であって、ふる里との間にいかに強い絆が生まれていたかを雄弁に物語っている。

風雲急

変転

桜が咲き、晴れてハヤトは中学三年生。

午後の日だまりに、二、三頭のオス犬がケンカもせずに一緒にいた。ハヤトが現れると縁の下に逃げて、青く光る二つの目がじっとハヤトをみつめるのだった。知らぬは飼い主ばかりなり、メリーは立派な成犬になって初めての発情期を迎えていたのだ。彼女は初めて「異性」という生き物に接して恥ずかしそうにも嬉しそうにもみえた。

ハヤトの父が種豚屋の主人に相談した。いいオスを連れてくるからそれまで小屋に閉じ込めて、といってから二日三日と時が流れた。手ごろなオスの犬がいなかったのである。とりあえずハヤトの寝る部屋の真下に木箱の住まいを置いた。野犬がきたらいちいち追う払う作戦だができるわけがない。おろおろするばかりであった。

オスはたむろして縁の下で様子をうかがっている。青い目が暗闇でギラーッギラーッと光るのは異様で、ハヤトをあざ笑っているようであった。白と黒のブチ。日本犬くずれ。やがてポチも加わった。だれにも優先権を与えられていない。

オスの数が増えた。だが、赤犬の時のような大群になることはなかった。夜は無防備。縁の下での激しいケンカが床と畳を経て伝わってくる。数頭がもつれあう。甲高い声、低い声、唸り声が重なって、床に体がぶつかり、寝ているハヤトにも衝撃が伝わった。メリーは初めての経験を精いっぱい耐えていた。日課の散歩も疲れて弱々しく、かえってつらそうにみえた。

オスたちは遠巻きについてくる。メリーが止まれば止まり、歩けば動き出す。オス犬同士で牽制しあうから簡単には成就しないのだがそれも長続きはしなかった。それは局所をみれば分かることである。オスに征服されたメリーはいつもと変わらずじゃれついてくる。だが不潔に感じられてならない。罵倒してやりたいほどいやな犬にみえる。一方では慰めてやりたいと願いながら、なにか絶望的な気分が起こると激しく鎖をひきよせて殴ってしまった。

「子ができた!」

石ころを拾って床の下の犬たちに放った。だがたじろく様子もなかった。ついに純粋な紀州犬といわれたメリーの体の中に相手がだれか分からない雑種の子を宿してしまった。

嵐は去って静かな日々が訪れた。メリーは落ち着きをとりもどし風格が備わってきた。母性がめばえている。ポチみたいな、メリーみたいな子を生むよ、とか、相手は反物屋のポチだ、という話が出入りの人びとから出てきた。メリーが選んだ夫、ということになるのだろうか。彼だけという保証はあるのだろうか。

さくらは散った。指折り数えると梅雨から初夏のころには生まれることになる……。おなかは大きくなっていく。いずれにせよ雑種が生まれてくる。後で知った三太の父親は、勝手にせい、とふくれてしまった。

多忙さを加えてきた彼には二匹のウサギが残されただけとなった。一匹は平凡な白ウサギの子、一匹は志保からの預かりものだが、事実は彼へのプレゼント。すでに述べたが、黄金色のそれは、なかなか手に入らないレッキス種のメスである。ビロードのような手ざわりの毛皮は高級な襟巻にもなりそうだった。柔らかで暖かい色。長い飼育歴の中でそれほど優雅な一匹には初めて会った。

恵んでくれた人からの音信はなかった。後悔先に立たず、ではあったが、あの日の花瓶には折々の花を活けて形見のそばに置いている。

適齢期を迎えた黄金の彼女には特別に寄せる想いがあった。わざわざ探し求めて隣町にでかけて同種のオスとお見合いをさせたほどだ。その時さえなにかしら志保の面影が付きまとっていた。だから志保ちゃん、こうしているよ、といちいち心の中では報告していた。

ほーら、今日はムラサキのアサガオだよ……。ウサギに花なんて不似合いだがその花は風にも壊れそうに柔らかだった。

出産が今日明日に迫っていた。ニワトリ小屋の中にウサギ箱があり、二重の囲いで外敵を防いでいる。ニワトリも一羽しかいない。身重のメリーは番犬としてそれが見える位置に配置されていた。

老成したポチ

午後のひと時をまどろんだポチが立ち上がってあくびをする。申し合わせたようにおかみさんが現れガチャガチャと鎖を外す。

「ほい、いたずらせんでね。早う帰っておいでよ」

どちらも生気がない。こうして午後からポチは界隈を徘徊する。その日は晴れ……。梅雨明けの青い空から日が照りつけている。広っぱに立つ樹はまろやかな濃い陰を落とし、木陰にはいつもの白茶のブチが寝そべって、へぇへぇ息をしている。互いに目が会っても茫洋としたまなざしのままだ。

暑い。町並みには人影がなく、死んだように静まりかえっている。毎年同じ印象の時があった。ポチは五歳をこえて知らないことはめったにない。そんな町を伏し目がちに歩いていった。ハヤトらとの散歩は楽しかった。今は自由の世界に住む。ただ、自らの意志と力ですべてに対処せねばならない世界だ。用いる精力を最小にしてことに当たる。それが狡猾な態度にも映る。ポチは電柱に小便を少しずつかけながらあてもなく歩く。犬に会っても一瞥を与えるだけ。いずれも昔からのなじみ。敵対することもない。初対面には鼻面をつきあわせ、首を高くしてしっぽを振りながら相手を見下ろせば勝負はついてポチの優位が決まるのだった。

軒と軒の間を通って鉄夫のうちの裏庭に出た。

母屋から離れた奥に牛小屋があって、黒いコッテ牛が餌桶の上に首だけ出して口をぐにゃりぐにゃり楕円形にまわして反芻をくりかえしている。その奥、板壁でおおわれた暗い奥に三羽のチャボが遊んでいる。真紅のとさか、うす黄色の耳たぶ、高慢ちきな目、あい色にかがやく尾羽……、そんなおしゃれな彼らがよりによってフンで黄色く汚れた牛のそばにいる。

コッコッコッ、チャボはポチを警戒して首をもたげて鳴く。キッ、と身構えるのはポチ。一羽、バタバタと牛の背に飛び乗る。相手が逃げれば追わずにはいられない。ンモー、牛がみがまえ、まるでチャボの守護役のように敵意を示す。小憎らしい奴め！　牛は大きな息を鼻から出し、あい色がかった黒目でポチをにらんだ。

なんの！　牛の脇をすり抜けてチャボに接近しようとした。すると牛は後ろ脚を曲げ上げ、けりあげるそぶり。やばいやばい、横げりでやられたらお陀仏だ。むりすることもない、覚えておけ、そう毒づいて横目で見ながらチャボから遠ざかった。

再び表通り。初夏の明るさのなか、遠くから聞こえるピアノは「エリーゼのために」。途中から何回も弾いてはくりかえし……。日は西に傾きはじめた。木立の下に人の影。だがそれは遠くを描いた風景画のように動きがない。吠えようが叫ぼうが、そこまで声は届きそうになかった。ポチも画面の一部であるはずなのに、画面をはなれてそれを見ていたのだ。

「ガラガラガラッ」、ふいに木戸が開いた。いがくり頭の男が出てきて長い柄のひしゃくで疎水の水を道にまき始めた。「この野良犬め！」背後から、「ザザザザッ」、音とともに水が降ってくる。ポチは現実に引き戻され、キッ、とみがまえる。水は優に七、八メートルは飛び、土煙がまって土粒が転がる。焼けた土の匂い。水をさけてふりかえると男の目が笑っている。その目に他意はない。「ほら、もうひとつ！」不機嫌がまじったポチの背後にバラバラバラッ、軒先の道がすっかりぬれてしまうと、男は家のなかにひっこんでしまった。

渉猟と襲撃

神社境内の拝殿でかわいた土のにおいをかいだ。その縁の下はアリジゴクのすみかにもなっている。馬蹄屋では神妙にうしろ脚をまげあげ、蹄《ひづめ》に蹄鉄を打たせている馬を見た。空気銃でアキレス腱を切られて歩くに不自由な犬がいた。パタンパタン、ゴザあみの音がする。種豚を散歩させる三太とすれちがう。ポチも豚も互いに目もあわせない。

初夏の日が陰りはじめる。愛宕さんの鎮守の森にチャンバラごっこの黄色い声が飛び交っている。ひんやりした空気が足元を漂いはじめると、白いもやがおりて草の露が足をぬらした。ブルブルブルッ、身震いして水を払う。それだけでキリリと気がひきしまった。ポチはいまや気力がみなぎっている。界隈に敵はいそうになかった。いたとしても強さをはかり、不利とみればさけるだけだ。進んで闘うことはない。

やがてポチは空腹を覚えて店じまい同然の反物屋に帰った。故意か偶然か戸が閉められたままだった。でも悲しむことはない。再び方向を定めぬまま軒下を歩き、畑をこえて放浪をはじめた。なにひとつ新しい発見はない。なにひとつ彼をひきつけるものはない……。

夜になった。ポチはハヤトの屋敷に入った。小道をはさんでガランとしたニワトリ小屋。屋敷の縁の下に、子を宿したメリーがつながれている。互いによく知っている。ポチはなんの興味も示さない。ふとニワトリ小屋辺りに妙な匂いがただよっているのに気づいた。小屋は静まり返り、ニワトリは丸くなって眠っていた。妙な匂い、それが何か分からなかった。と、電灯の光がもれて隙間から聞こえてくるのはハヤトの声。

「くたくた！　先輩の柔道はきびしい。投げられても投げられてもまだまだたらんと！　勉強は朝起きてからじゃ。ヒン眠ろう」

突然、バサバサッ、バサバサッ、バサバサッ、なかなか止まない。それは小屋のなかからの音だ。全身を緊張させた。が、何物か分からない。ただ明瞭に意識できる。おそうべき何物かがそこにいることを。

いつもそうだった。茂みから音がする。神経がはりつめ全身に力が漲《みなぎ》る。しっぽを振る。忍びよって相手を確認して次におそいかかる。それは幼いころから仕込まれた基本動作であった。

獲物が目の前にいる！　興奮を覚え背筋が立つ。そのときメリーが吠えた。ポチは理解した。今がおそう時機ではない。相手は人間によって養育され大切にされている。それでも彼は迷ってうろうろした。即刻おそいかかりたい衝動と、今は自重して機をうかがうべきであるという別の声を聞きながら……。もし彼が一、二歳の若輩だったらたちどころに実行に移したであろうが、すでに老獪、たえしのぶべきを知っている。彼は衝動にたえてその場をはなれ、夜つゆにぬれた野山をかけた……。

そして深夜……。愛宕さんの斜面から見下ろす。家々が闇の底に眠っている。ポツポツ弱い灯火が漏れている。夜の帳《とばり》はあらゆるものを催眠に陥れる魔術師だ。庭の草花も、牛も馬も小鳥も何もかも眠っている。裸電灯がほの暗くポツンと道を照らし、虫たちが光に舞っている。赤子の泣き声がしじまを破って、疲れた母親は髪を乱したまま夢うつつでおむつを替える。

お産を迎えるメス豚は体を横たえてその時を待っている。男たちはみごとなチームワークで出産の手助けをする。産むものは一切を男たちにゆだね、彼らはわがことととして汗だくとなる。子どもらもカンテラを差し向けて男たちを助け、出産の感動をともにする。そんなひそかな

「生」の営みがその夜も方々で起こっているはずだった……。

ポチは見下ろした。足元には笹が茂りその先に一段と低く人家の一群が広がっている。あそこ辺りだな！「ザザザッ」、ポチは意を決して笹をける。小走りに畑をよぎり妙な匂いのする小屋にむかって走った。柿の木。その下にニワトリ小屋がある。静かだ。空気はよどんで動かない。その木もふかい眠りにあって葉はうなだれてそよともしない。

なにも迷うことはなかった。彼は小屋を一巡りして入り口を探した。小屋の上部は金網だが、腰まわりには板が張り巡らせてあって地面との間に寸分の隙もない。その板壁の向こう、小屋の中二階におそうべき何者かがいる。どこかをつきやぶる以外にない。小屋に侵入できたとしても次いでウサギ小屋を破らねばならない。

土を掘り始めた。音に目を覚ましたニワトリが、「コッコッコッ」、興奮の声を上げる。だが夜目がきかない。土を掘る音、けたたましく板をたたく音。メリーが気づいて激しくほえたが、かまうことはない。土は柔らかだ。掻いてかいてかきまくる。ポチの体ひとつ潜れればいい。だれかが出て来たら、そのときはそのときだ。

ハヤトは遠くで吠え声を聞いた。綿のように疲れて夢で聞くしかなかった。現実には布団の真下、縁の下から届くメリーのほえ声だった……。静けさはこうして破られた。ウサギは不安げにうろうろと巣箱の中を動き始めた。実は、レッキス種のウサギはその日が臨月ならぬ臨夜！「ガサガサッ」という宵の刻に聞いた音は巣作り時に発するものだった。それはけっして小さくない。ポチはその音を聞いた。それが彼を刺激したのだ。深夜、彼女はすでにアゴの毛をひきぬいて、ふんわりとしたタンポポの積み重ねのような柔らかい愛の巣を完成していたことだろう。そろそろ陣痛を覚え、お尻を巣にむけて寝そべっていたにちがいない。

初夏の生ぬるい風が小屋をめぐって出ていく。突然、板をひっかき、土をえぐる音が聞こえる！　恐怖が彼女をおそい、逃げたい衝動がおこる。とびおきて板壁をガリガリとひっかいたりする。その音はますますポチを勢いづかせる。小動物が板一枚の向こうにいる。体中を熱いものがかけめぐる。なま暖かい血を思い出しているのかそれとも衝動だけで掘っているのか、それは分からない。吠えたてるメリーにも一瞥をくれたことだろう。むしろそれは彼の努力を倍加させた。急がねばならない！

土を掘り板を押しやぶろうとする。ついに体一つくぐれる隙間ができた。小屋に侵入する。次はウサギ箱を壊さなければならない。「ケケケケッ！」白色レグホンが闇のなかをとびまわる。メリーも必死だ。吠えてほえて眠る主人を起こそうとする。ハヤトは夢のなかで聞いている。だがほえ声は彼を現実に呼びもどすには至らない。メリーは立派だった。危急を主人に知らせた。ポチはすべてを覚悟のうえで犯している。なにがなんでもやりとげねばならない。もはや静けさへの遠慮は無用だ。全身全霊をかたむけてなしとげるのみ……。

メリーはほえ、ハヤトがとび出してくるのを待った。だがほえ声はハヤトの夢のひとこまにすぎなかった。

ウサギ箱の桟をへし折るには手間がかかる。箱は一段と高い台のうえにある。ポチはなめらかな体を立ちあげ、箱におおわれたムシロを落として桟をひっかく。びくともしない。ウサギからすれば、大きな顔が目の前に熱く迫ってくる。狂ったように暴れる。いったいどうしたというのだ。逃げる者、追う者、狂おしさはいずれも同じだ。

箱の上に乗ったりこじ開けようとしたり……、そのうちについに一本、また一本と桟が折れる。前足で闇のなかの獲物をまさぐる。ウサギは箱の隅っこで小さくなる。ついに手がとどく。窮鼠のごとくポチの手を攻撃する。キキーッ、そして両手でガシガシとひっかく。ポチはそんな痛みさえきらいにちがいない。手をひっこめ、次にはガッと開いた口をさしこみ、かみこもうとする。ウサギに熱い息がかかる。逃げ場を求めて箱のそとに脱出した。

それはポチの思うつぼだ。せまい小屋の隅で小さくなる。ポチの口が迫る。跳びだす。襲いかかる。……毒犬と闘った時の敏捷な身のこなし、それは健在だった！　ついに前足で押さえ首根っこをくわえる。ウサギの四本の足がむなしく空をける。くわえたまま掘りぬいた穴をくぐる。しだいに力が抜けていく。それでも足をはねてあがく。ポチの顎をける。毛が抜けて小屋のあちこちにくっつく。小屋の外に出る。ぐんなんりした体を空中に高だかともちあげる。ことは成就した！　赤い血が首筋からしたたる。ポチの物証を残すことなく小屋から遠ざかる。

闇を走り去る。フワーッフワーと軽やかにかけてゆく。メリーの声がしだいに遠くなる。列をなした茶畑……。端正に丸く刈り取られた数列。その間に入って腹ばいになる。おもむろに獲物を横たえる。喉からひきさいて血をなめる。生暖かい、星の多い夜だ。東の山の端に遅出の三日月が赤く昇りはじめている。腹を引きさいた。なんと！　奇妙なことに、死んだはずの腹の中からヌメヌメと小さな生き物がいくつもこぼれ落ちてうごめく。濡れて生温かい。モゴモゴと動いた次の瞬間はポチの口から喉奥へと流し込まれた。

ハヤトは最後まで眠っていた。夢の中で聞いたメリーのほえ声はたしかに何かを告げていた。やがて吠え声がまばらになって健坊に起こされるまでぐっすり眠っていた。

「ハヤトちゃん、起きて、起きて、ウサギがたいへん！」

縁側から身を乗り出して健坊が叫んだ。日は高い。久し振りの日曜日、朝寝坊をしてしまった。初夏の陽光が、垣根いっぱいに広がった真緑のアサガオを照らし、うす桃や青紫の花が点々と咲いていた。いい朝、ほんとにいい朝。

「シンンンンッ」、ハヤトは思いっ切り背伸びをした。疲れがとれ、力が漲《みなぎ》っている。

「ウサギの毛がいっぱい散らかっちょる。やられたんじゃないけ」

「そうじゃろう。生まれたか。今日がお産の予定日じゃから胸毛を抜いたんじゃよ」

やっぱり予定通りのお産だったな、そう思いながら特別の感慨もなく縁側の向こうから届く声に上半身をおこして答えた。

「巣を作ったんじゃ。お産したんじゃ」

「ちがうちがう。小屋の外まで散らかっちょるんじゃ」

健坊の言い方は尋常ではなかった。なんだって？　不安がよぎり、続いてメリーのほえ声がよみがえった。それは夢のひとこまとして耳に残っていた。そういえば！　たしかにほえた！その声がはっきりとよみがえった。胸が鳴り血が引いた。

「まさか！　あれはほんとうのメリーの吠え声だったか！」

現場は荒れに荒れていた。花瓶が地面に転がりムラサキの花は踏みにじられ、ふんわりとした毛の集合があちこちにかかっていた。

「あれしかいない！」

ぬけぬけとしたポチの顔が浮かぶ。ハヤトは衝動的に木刀を持ってポチの住家に走った。ガランとして彼はいなかった。かびくさく何日も不在のようであった。木刀を下げ、空を見て突っ立った。玄関を開けて怒鳴りこもうとしたがやめた。今、抗議をしたところで、前回と同じだと知っていた。呼吸は荒れ、手元が震えている。

彼は木刀を下げて辺りをうろうろした。ポチは姿を見せなかった。いったん引き上げて朝飯を食い、再び木刀を下げて行った。いた！　何食わぬ顔で寝そべっていた。

くそったれ！　大声を出してポチに殴りかかった。ポチは繋がれた柱の陰に素早く身をそらした。柱を挟んで両者は対峙した。何回か……空しく柱を殴った。ドスッ、背を打った瞬間ハヤトに牙をむいた。彼の形相はポチに殺意を感じさせるに十分だった。ポチが頭を低くした。

窮鼠猫を噛む！　それはポチとて同じだった。

ガラリと引き戸があいた。おかみが現れた。大柄な顔は阿修羅のようにひきつっていた。

「人んげん、インぬなゆすっと！　なんの証拠でそげんこつ?」

おかみにガミガミ言われる。その前になにがなんでも叩いてしまいたい。仮にもそれが罪であり、犯行となるにしても……。だが有効な一撃も加えられないまま去った。

机を前にひとり座った。机をたたき、ハーモニカをブカブカ吹き、教科書をめくった……。

志保とウサギが交錯して脳裡に浮かんだ。こんな時は柔道だ。彼は稽古着を腕に巻きつけて家を飛び出した。


茶畑で発見したのは数日のあと……。

毛の色からレッキスだと断定できた。ウジ虫がはい回って土に帰りつつあった。むしろ生きた姿を思い起こさせないほどバラバラだったのがよかった。葬ろうという気にもならかった。確たる証拠はなかったがポチが犯行者であることは確信できた。ところがどういうわけか、ハヤトの復讐心は急激にしぼんでいった。証拠がないからではもとよりなかった。一つには、時間に追われる生活、柔道の激しい練習などが悲劇を忘れさせ、その気概をも失わせたのかもしれない。

それでもポチへの白々とした気分に変わりはなかった。潮時が近い。脱皮できないサナギのように旧来のままでいることに焦燥を覚えてもいたのだ。一つずつ決着をつけよう。

まずメリーには新たな運命が待っていた。拾う神もいてくれて、高原町の広原に住む友人が養うことになった。まことに淡々とした別れであった。

出立

ポチの一件以来、堰を越えんとする流れのように、彼の中学生生活も慌ただしさを増してきた。ポチとの関係の、心の整理は宿題として残されたままだ。

秋には修学旅行で福岡と下関に行った。肥薩線、鹿児島本線の夜行列車の旅である。久留米の辺りで夜明けを迎え、博多の街をうろうろさるいて一泊した。次が、北九州工業地帯の見学で、薄茶色の空に煙突が立つ八幡製鉄所を外から眺め、「すげぇ、すげぇ」、これが日本の実力か、とたまげ、工業文明にみな目をパチクリさせた。下関で訪れた水産会社の冷凍倉庫では、薄黄色の裸電球のもと、吐く息白く、マグロか何か白く凍った魚が並んでいた。大砲の筒のような鯨のおチンチンの展示には、「でっけー」と驚いたり目を覆ったり。井の中の蛙を悟るのが修学旅行の功徳である。ちなみに、ハヤトが持参した小遣い銭は、ウサギの子とメジロを売って儲けたお金で余りあった。

旅行は心の整理のよい区切りとなった。とんとんと秋は深まり、夜更けが早くなる。ウサギ熱はとっくに峠を越え、ただ一匹を残すばかりとなった。

あれやこれやで正月がきた。いったいどうしたことか！　女の子から年賀状が舞い込んだ。おませな文字が並んでいた。野暮な自分が恥ずかしかった。これが寝た子を起こした。「人にいうなよ語るなよ」と書いた葉書を投函しただけで赤くなった。寝ても醒めてもその人の顔が浮かび、漠然とした思いは形を整えて、これが恋か、と思った。志保への淡い想いは先輩への憧れと初恋の気持ちがまざったものだったが、こちらはめらめらと炎のような熱い気分だった。

三学期が始まって本屋に立ち寄った。参考書がずらりと並び、手に取るといい匂いがした。それに刺激されて受験勉強に突入した。

聞いて驚いた。午前三時まで勉強をしたとかいうのがいる。某教諭宅で女の子数人が勉強をする。彼女らはいう。「コツコツと柱時計が時を刻む、気になります、先生、時計を止めてください」と。「それほど熱心に勉強してるのよ、あんたたちも、もっと勉強をしなさい」と、ハヤトらはしきりにハッパをかけられた。

そのころ隣県のラサール高校のフランス人の校長先生が、「ウチノ高校ヲ受ケテクダサイ！トウダイニタクサン通リマス！」と運動場の朝礼台に立って、生徒全員の前で勧誘した。ラサール高校は名門受験校だが男女共学ではない。そのこととか、受かる見込みがないことが理由ではなく、地元に立派な高校があるので受けなかった。

柔道場にも冬がきた。夜道を、懐中電灯を手に自転車で通った。中学生、高校生、おとな総勢三〇人程度が乱取りをする。ハヤトは小林高校柔道部のキャプテンから「見込まれて」特別の指導を受けた。一秒の休みなく投げ飛ばされる方法で、三分ほどの乱取りをくり返すのである。そのうち、ハヤトはタコのように柔軟、かつハヤブサのように敏捷な体を使った電光石火の秘技を編み出した。都城の神柱《かんはしら》神社の奉納試合などで試してみた。秘技にかかると一瞬の間に大の男が宙に舞った。

二月になるころ、道場主は昇段試合を受けろという。思いがけない言葉だった。試合は受験より先立つ三月十日土曜日、国家警察の道場で行われた。乱取り、形、筆記試験の三つ。乱取りは五人一組で総当たり。中学生はハヤト一人、相手は高校生と社会人。彼はすべて秘技による一本勝ちできめた。

形の練習は、手技《てわざ》、腰技、足技、それぞれ三種類ずつ、呼吸を整えて、一、二、三、スッ、スッ、スッと足を運んで投げる。心が洗われるようで気持ちがよい。筆記試験の問いは「柔道修練の目的はなにか」に決まっている。「精力善用自他共栄」という加納治五郎の教えを書いた。立派な社会人になるため、というのがよかったそうだが、ともかくもそうして黒帯になった。高校ではレギュラーとしてつわものが手ぐすね引いて待っている。

高校受験は雨の降る日、三月一五、一六日の二日間。科目は、英、数、国、理、社、それに音楽、美術、保健体育、職業・家庭が必須科目だ。社会科ならば、日本史、世界史、地理を含む。音楽は、曲の譜面をみせて、これはアンダンテ、それともラルゴで歌うのか、などという

雪の日、校舎から顔を出した女子生徒たち

まことに高度な問い。楽譜が読めねばならない。深夜まで勉強しても間に合わず、とうとう「家庭」と「職業」は教科書も手つかずになってしまった。

「赤字とは何か記せ」「赤い字で書くのを赤字と言います」。そんなふうだし、家庭科は、ボタンつけや運針は得意だったが、どんな問題が出そうかも分からなかった。ところが神風が吹いたというべきか、それらの科目が県下のどこかで漏れて急きょ試験科目から外された。

受験がその程度ですんだのは、だれもがハヤト程度しか勉強をしていなかったからだ。柔道も講道館柔道の普及期で、東京に道場を建てる資金も必要としていたため、比較的に黒帯を取りやすかった。

慌ただしい三学期はそうやって最後の日

々を刻んでいった。

別れ遠足

夷守山のふもと、海抜四五〇メートルほどの台地の北端、眼下にふるさとの盆地が青く沈んでいた。早春の風がわき上がってほてった顔に吹きつけていく。

あれが中学校じゃ、ほら！　光ってみえるのが体育館の屋根！

ひとしきりふるさとの大地へ挨拶がすむと、広々とした草原に、思い思いに輪になって座った。冬越しの枯れ草が淡白色に広がり、そこかしこにワラビが顔を出していた。乾いた草は座るによかった。黒の学生服、セーラー服の輪が一〇も二〇もできて別れの弁当を開いた。

早春の「別れ遠足」は楽しさのうちにも哀しさを含んでいた。都会に出る者のこる者、胸のうちはそれぞれであった。オイはメジロだけは連れて行く……、ふるさとを後にする者がことさら愛着したのがメジロだった。断ちがたいふるさととの絆をそれに託したかったのだ。

やがて黒い粒々はバラバラになって原っぱを駆けまわった。溶岩台地はなだらかに波打って谷と丘をくりかえしている。風の子は登ったり駆け下りたり、三段四段のピラミッドをつくって写真を撮ったりした。

野ウサギが跳ねる。ピョーン、ピョーン！　ひと飛び三メートルもあろうか。跳ねてまた跳ねて森陰に跳び込んでしまう。驚くべき跳躍力だ。

三々五々、先生を囲んだ輪ができた。松葉先生は赤穂浪士の話を講談調に語って聞かせる。進学指導のゲンコツ先生は、三〇キロも隔てた島と岬の間を泳いで渡る鹿の話をしてくれた。それはふるさとをテーマにした、別れ遠足におにあいの話だった。

秋の彼岸、大隅半島の南端、佐多岬に鹿の一行が現れ、波静かな夜を選ぶと南の島に泳いでいく。行軍は時に、海の狼、サメに襲われる。荒れた日にはサメが出没しやすいので日和見をして凪いだ日を選んで泳ぎ出すのだが、それでもなお犠牲者はでてしまう。鹿は佐多岬と、およそ三〇キロの南に浮かぶ馬毛島《まげ》の間を、春は島から岬に、秋にはその反対方向に渡海するというのだ。ちなみに、馬毛島の対面には鉄砲伝来の地、種子島がある。

だれもが本当だろうか、あの細い足でどうやって？　と思った。先生は隠し持っていた焼酎の小びんを出して口に含んだ。ひと呼吸して先生は少し重い口を開いた。

この話の真実のほどは分からない。けれども一般論として、シカが海を渡るのは事実だ。小さな島では近親結婚を嫌う母親が若いオスを追い出すこともよくあるようだ。津軽海峡を渡り切るシカがいるらしい、何という本だったか北海道大学の犬飼哲夫先生がそう書いている……。

先生はもっと何かを訴えたい様子だった。少年らは頭をかしげていた。この先生のゲンコツでタンコブを頂戴しなければ一人前ではない、と言われる厳しい先生に、こんなロマンティックな想いがあったなんて信じられなかったのだ。先生は焼酎をグイと飲みほして口まわりをぬぐい、目頭をこすった。

にわかには信じられない。にもかかわらず胸に迫るものがあった。それにしても……、とハヤトは思った。月の光がきらめく海をしずしずと進むシカの一群。隊列が乱れるのはサメに襲われるときという。逆らい難い意志につき動かされ、命を賭して海を渡る。空想するその情景は美しく哀しくもあった。ハヤトはもっと知りたかった。先生、本の題名を教えて、そういいかけたとき、

「おーぃ！　こげんどっさい採ったど！」

友が息はずませワラビをいっぱい手にしてかけよった。それを機に皆立ちあがった。土産もでき、帰る時間が迫った。いつしか白っぽい春霞がかかり、日も西にかたむいていた。

三日後は仲間を就職列車で送り出さねばならない。いつかまたきっと会おう。ひとかどの人間、立派な人間になって。その時オレは金をためて金縁眼鏡にヒゲをのばし、みちがえるようになって来るぞ。エヘン！　けれどもその日の感動をもって再会をちかっても、大学進学生をのぞけば消息がしれないことも少なくなかった。

もう一度北の端に立った。見納めじゃなぁ、勝が言った。彼は少年自衛隊入隊のため江田島に赴く。昔でいえば防人《さきもり》よ、というのが彼の口癖だった。

北には九州山脈が波打っていた。峡谷である「三宮峡」の辺りに行けばオオムラサキがいる。だがそれより南側にはもはや生息しない。北緯三二度……がオオムラサキの日本の南限地。だから今登っている霧島山系にも佐多岬にも、当然種子島にも生息しない。

三宮峡は故郷の宝ものだ。岩走る垂水をあびてシダが光る早春の光景は、植物採集のちびっこ博士には忘れられないし、オオムラサキやハッチョウトンボは昆虫採集にあけくれた少年の憧れの的だった。メジロを追い求めた者には照葉樹の森が忘れられない。母親を慕うように恋いこがれてやまない所、それが三宮峡であった。

ハヤトは遠く消えなんとする空をみながら再びシカを想った。すると空想の中にオオムラサキが飛翔した。なぜ思い浮かんだのだろう。そう。かつてあの南の島々にもオオムラサキが生息していたはずだ、という話を理科の先生から聴いていたからだ。

何万年も以前、氷期の時代には、馬毛島も種子島も屋久島も九州本島と地つづきだった。そして、その辺りでさえ寒冷な気候のために植生もオオムラサキの生息にかなうものだった。南限は今よりずっと南にあったのだ。たぶんその話を思い出したせいだ。

春浅い地平のかなた、九州山脈の先の先は青山一髪の遠くにあった。春彼岸の空は高く明るく、どこまでも走れる丘は別れ遠足にふさわしかった。出会いと別れの交差点、ハヤトにも明日という陽が昇れば、中学時代と別れて新しくくぐるべき次の門が待ち受けていた。

恩讐を超えて

別れ遠足が終わると足早に、墨絵の世界からめくるめく若葉萌えいずる春へと大変身を遂げる。冬を越した喜びがこみあげる。それもウサギを飼っていたからこそ味わえる感慨であった。

ウサギは今や去りつつある少年時代の形見といったおもむきがあった。一時の、売らんかな、といった養い方は影をひそめ、今や一匹に対してかゆいほどのこまめな世話をしている。

ある日、ハヤトは野に出て草を求めてさまよった。森陰の小道を通りぬけると広い畑にでた。東には丸い丘があって、伸びはじめた麦で淡く緑におおわれていた。青い空、白い雲。遠くにはうす青く山脈が波打っている。春は名のみの風の寒さや、か……。早春の風景を見るでもなく眺めていると、丘の頂上にひょっこり犬が現れた。真っ青な空を背景に、悠然と遠方をみつめる姿は優雅であった。ポチじゃ、ポチじゃなかか。「ポチ！」と呼ぶ声に振り向いて互いが認めあった時、事件のことはハヤトの念頭になく、ただなつかしいばかりだった。

「ポチ、ポチ、こいこい！」

ハヤトは両手をさし出した。ポチがかけよってきて優雅な尻尾を振った。けれども手が届くまでには近よらなかった。そうだ！　ハヤトはすべてを思い出していた。彼は詰問するような厳しい態度になった。しかし敵対感情ではなかった。

こんバカが。オレのもんにまで手を出しやがって。あげなことしちゃいかん！　彼は心の中でそう叫んでいた。教え子を諭す教師のようであった。そして棒きれをひろうと、かつてしたように、これじゃよポチ、そう、しかと確認させて遠くに放った。「もっけぇ《もってこい》！」サッとかけてくわえ、ハヤトのもとに戻ってきた。何回も何回も、もっけぇ、もっけぇ。彼は幼犬のようにはしゃいだ。ハヤトはポチの頬をなで背をさすった。彼のどこに罪の意識があっただろう。

ハヤトが怖い顔をすれば遠ざかり、優しくすればすりよってくる、それだけのことらしかった。

「こい、ポチ、走るか！」

走ると追ってきた。風に流れるようなしっぽは健在であった。

丘の上にかけあがった。登るにつれて高千穂の裾野が広がった。春浅いなか、霧島下ろしの風は温《ぬる》んでいた。丘を下りきったところに湧き水があった。はらばって水をすくって口に入れた。ポチもぺちゃぺちゃと飲んだ。その姿は幼い日、雑木林でキジを追う愛弟子の彼と同じだった。

菜種畑の手入れだろうか、野良仕事の姿がひとつ、ふたつ。急に日がかげって寒くなった。ぱらぱらと粉雪が舞いはじめた。

「ポチ、雪はこんこん、かけっこじゃ！」。ハヤトはカゴを置いた所までふたたび走った。ふりむくとポチの姿はなかった。薄曇りのもとで一人になった。

春の空のなんと気まぐれなことか空に風が吹きわたり、雲が去って晴れ間が広がった。光がふりそそいでいる。春の甘い大気を吸い込むように、ハヤトは顔を空に向けた。

ふさふさした感触が残っていた。よかったよかったこれでよい！　心に念を押してみた。はたしてこれを和解というのだろうか。ポチはふたたびハヤトの中で許し得る存在、いやもっと積極的に、友だちだった、ということに気づいた。

生き物を養うことは殺生にも等しかった。だから命を失うたびに、養うことは罪なことと痛切に感じた。しかし一方で、慈しんで育てるのであれば許される、との想いがあった。また、交わることで相手を知った。知るほどに好きになった。彼が喜ぶとき自分も喜び、彼が悲しむとき悲しかった。生き物の心情を知ることで何かを得たのはハヤトの方だった。命を失う犠牲のうえに彼は学んだ。亡くなった者への感謝はその意味である。

考えてみれば、自分から生まれてきた、と考える生き物なんていなかった。気づいてみれば生きていただけだ。彼らは、ただ生きていく。それが生きるものの宿命。与えられた役回りを命ある限り演じるだけだ。ポチもそう。いまも命が命じるまま走りまわり、心の奥からの叫びを聞きながらおそうものをおそう。ポチは内なる自然に従って生きてきただけのことだ。

もっといえば、ハヤトはポチを野性味豊かに育てた。おそう対象があればおそうべく育てた。だからおそっただけだ。それがハヤトにとって都合が悪かったので、罪を犯した、と声高に叫んだところで、なんでポチが理解しよう。勝手なのはハヤトの方かもしれない。そして、ポチは、ハヤトの教育どおりにふるまった優秀な犬とさえいえるのではないか。

よしんばそうではないとしても、「人」がなぜポチの「性《さが》」をとがめえよう。許すも許さぬもない。自然児なのだ。禍福はあざなえる縄のごとし……。あの青嵐の日々を与えてくれたのはまぎれもなくポチだ。彼がいなければ何もなかった。出会ったからこそあの日々があった。

学んだのはハヤトの方である。喜びも悲しみもあった。けれどもそれらとの出会いと交わりは、総じて幸せであった。出会いからすでに七つの年輪を重ねた。その一枚一枚に厚みを与えてくれたのは彼らだ。素敵な思い出を創ってくれた彼らに感謝の気持ちが湧いてきた。
雲がゆき去って晴れわたるようなさわやかさがあった。わだかまりが解け、なにもかも合点がいった。初めて会った日、愛宕さんの斜面をコロコロと転げ回ったポチ……。ハヤトの思いはいつもそこに帰っていった。すべては再びハヤトにとってよきものとなった。

カゴをかついであぜ道を太陽に向かって歩き始めた。春の光がさんさんと降り注いでいる。小道沿いのツバキの下を通った。深緑の照り葉の間に赤い花が乱れ咲いている。一重の花は、一つひとつが唇を丸くつき出したようにみえる。小さいころ蜜吸いによく登った木だ。チュッと吸っては落とす。いくつもいくつも花の心も知らないで……。その下では女の子が落ちた花で花輪を作っていた。木陰から、もっと落として！　ハヤトを見上げた瞳は愛くるしかった……。

一つだけ花をもいで吸ってみた。はかないほどわずかな蜜の甘さが口をめぐった。あの子らはどうしているかしらん、ふとそう思った。
かつてポチの若い日、ハヤトも幼かった。青春のポチはなんと魅力に満ちていたことだろう。それは大きく強くなりたいと願うハヤトの憧れを満たしてくれるものだった。青春の力に憧れ、夢を、強い生き物に託した時代は終わろうとしていた。ハヤトも人生の一つの堰を越えつつあった。行く手には青春の門が待ちかまえ、自らが強くなる、その流れに突入しつつあったのだ。

あとがき

本書は三部作の二作目です。いずれも幼少年時代、生き物との交流を中心としたあそびの話です。一作目は誕生から小学五年生までの昆虫などとの交流（「ハヤト―自然道入門」平成一〇年）。次が本書、小学三年生から中学時代まで、犬やウサギといった身近な生き物との交流。三作目は中学から高校時代、小鳥との交流を中心に描いています。

「子どもとあそび」がテーマですが、全体として時代と風土が感じられるふるさとを描ければ、と思いました。

執筆の動機は、遊び呆けたあの楽しさを書き残しておきたかったことですが、今一つ、現代の子どもはかわいそうだから、という気持ちもありました。

当時の地域社会には、春の小川、鎮守の森、原っぱ、大きな屋敷など、子どもには宇宙基地にも水族館にも早変わりする夢空間が無限に存在していました。野原でスズムシを捕ったり、馬の尻尾の毛で鳥を捕ったり、口笛で小鳥を呼んだりするあそびは、三度の食事も忘れるほど楽しいものでした。三〇歳ごろからこつこつ書き残してきましたが、今にして思えば、いつ誰が発明したのか、そういった全国の津々浦々にあるあそびや芸当は、戦後の日本が一貫して失ってきたもので、庶民の生活史としても、経験者が健在なうちに記録しておいた方がいいのではないかと思っています。

なお、テーマや時代性から多少の暗さを感じられたことでしょう。続編の三作目は打って変わって森とメジロの光り輝く世界です。三部全編を鳥瞰して風土と時代をくみ取りいただければ、と思います。

処女作から一〇年を費やして二作目をやっと刊行できました。思い出を共有する仲間たちはもとより、なにかとご協力を賜りました森永貞一郎顕彰会の平部顥達さん、霧島中央新聞社の大薗良一さん、小林市立図書館長の松田忠信様に感謝いたします。また出版については海鳥社の西俊明社長より細々とご指導、アドバイスを賜りました。ありがとうございました。（なお一作目の「ハヤトー自然道入門」は残部がありますので海鳥社にお尋ねください）。

写真は古い分は亡き父の撮影したものです。その時には何でもない風景や風物が、今となれば懐かしいし、移りゆく時の流れを感じずにはおられません。また、悪ガキの役回りをしていただいた仲間のみなさんにお礼を申し上げるとともに、意地悪に描いたことをお許しいただければ、と思います。

最後に、二〇〇七年に立ちあげられた日本学術会議「子どもの成育環境分科会」委員長仙田満先生（放送大学教授）の著書『子どもとあそび』（岩波新書、一九九二年刊）「あとがき」から一部を抜粋させていただきます。

私は子どものあそび環境についてはいつも大げさに言うことにしている。今の日本の経済的な発展は、食べる物はなかったがあそび場にもあそび時間にも友だちにも恵まれた環境に育った人びとよって支えられている。イギリスの動物学者デスモンド・モリス流にいえば、あそびによって創造性を開発された人々によって、この豊かな日本がもたらされてきたのだ。しかしいま、子どもたちにはあそび空間も、あそび時間も、友だちもいない。ものは豊かであっても子どもたちは幸せだろうか。二一世紀の日本は、創造的な国であり続けられるだろうか。子どものあそび環境のことを、もっともっと大人が考えなければならない。子どもたちはあそびの天才ではあるが、それを発揮できる環境にない。それは大人である私たちがつくりあげてしまったものだ。私たちがそれを自覚し、子どもたちと一緒になってつくりなおしていくしかない。そうでないと、日本の未来、いや地球の未来はない……。

平成二一年三月二〇日

針貝武志

針貝武志（はりかい・たけし）本名・針貝武紀（たけのり)。1940年，宮崎県小林市に生まれる。県立小林高等学校卒業。九州大学土木工学科を卒業し，建設省職員を経て現在，「福山コンサルタント」（国土基盤の調査計画，設計業）勤務。かたわら，ふる里再生をテーマとする地域づくりをライフワークとしながら執筆活動を続ける。著書に『ハヤトー自然道入門』（明窓出版）『魂からの出発』（鉱脈社）などがある。

少年《しょうねん》ハヤト
未《いま》だ大志《たいし》を抱《いだ》かず

■

2009年5月27日発行

■

著　者　針貝武志
発行者　西　俊明
発行所　有限会社海鳥社
〒810-0074　福岡市中央区大手門3丁目6番13号
電話092(771)0132　FAX092(771)2546
http://www.kaichosha-f.co.jp
印刷・製本　九州コンピュータ印刷
［定価は表紙カバーに表示］
ISBN978-4-87415-730-5
JASRAC　出0905529－901